李白　その詩と人生

李白の像

【はじめに】

政治に携わる傍、中国の詩人の作品とその人生を綴ってみようと思い立ち、最初の『蘇軾』を上梓したのが二〇二〇年一〇月、その後『陶淵明』を出版したのが二〇二二年十二月、そして、今回の『李白』が二〇二四年三月。自分でもかなり早いペースで出版に漕ぎつけたと思っています。

もちろん、本業をおろそかにしたつもりはありませんが、昨今の政治の世界は憂思が募ることばかりです。そんな中で、漢詩を読み、詩人の人生をたどると私の中でこうした憂いや悲しみが癒されることがあります。

一作目の『蘇軾』を書き終えたところで、中国芸術研究院の故・龍愁麗名誉教授から「政治と文学（詩）をテーマに三部作にしたら」とのアドバイスをいただき、「三冊書き上げる」との目標ができました。二作目を『陶淵明』にすることはすぐに決まりましたが、最後の三作目の詩人を誰にするかはかなり悩みました。選択肢として最後に残ったのはやはり李白と杜甫です。李白と杜甫については、それぞれ「詩仙」、「詩聖」と呼ばれ、いずれも漢詩人としては超一流です。詩の完璧さということでは杜甫に軍配を挙げる人が多いと思いますし、誠実な人柄ということでも杜甫は李白を凌いでいます。しかし、私は李白を選びました。本書のテーマである「政治と文学」では、政治に直接的に関わるには熱情（パッション）が不可欠ですが、李白の政治に対する想いは杜甫のそれをはるかに上回っていると思えたからです。また、李白の詩には私たち凡人には思いつかない自由な発想があり、この困難な時代にあって、私たちは李白の自由な精神に学ぶべき点が多いと思ったからです。

その後、李白の本を準備していることを友人に話したところ、彼は「それなら松江に李白という名前の酒があるから、試してみては……」と勧めてくれました。さっそく、注文して飲んでみると、飲み口がまろやかで、酔い心地もさわやかでした。

蔵元の会社案内に、「李白」の命名は、戦前、二度にわたって内閣総理大臣をつとめた松江出身の政治家、若槻礼次郎《わかつきれいじろう》に由り、瓶のラベルの文字も彼の筆になるものだとあります。若槻礼次郎は、詩と酒を愛し、特に李白の作品をこよなく好んだことから、この命名になったとのことです。

若槻礼次郎ならずとも、李白の作品は、わが国でも多くの人々によって愛されてきました。有名なところでは江戸時代の俳人、松尾芭蕉《まつおばしょう》の『奥の細道』の冒頭部分、「月日《つきひ》は百代《はくたい》の過客《かかく》にして行《ゆ》き交《か》ふ年《とし》もまた旅人《たびびと》なり」は、李白の『春夜桃李園《しゅんやとうりえん》に宴《うたげ》す序《じょ》』の文を引いたものです。

また李白の詩はヨーロッパでも比較的早くから紹介され、オーストリアの作曲家マーラーが交響曲『大地の歌』を作曲するに際して、李白の詩にインスピレーションを得たといわれています。

李白は唐の武則天（則天武后）の御代、長安元年（七〇一年）に生まれ、代宗の宝応元年（七六二年）没と伝わっていますから、今から千二百－千三百年前の時代の人です。日本でいえば文武天皇から淳仁天皇の奈良時代にあたります。爾来《じらい》千二百年以上の長きにわたり人々は李白の詩を慕い続けてきたことになります。

本書では、李白の詩を紹介するとともに、その詩を生んだ李白の人生を追うことにしました。李白の人生については、李白を懐妊した母の口に金星が飛び込んだ話や、酒に酔って川面に映る月をとろうとして水死したエピソードなど、逸話には事欠きませんが、同時代の杜甫と比較しても実際の人生の軌跡は謎の部分が多い詩人です。

その謎を私なりの推理で解き明かそうと試みました。皆さんもご自分の想像力を働かせて本書を読み進めていただきたいと思います。また、本書は、類書と異なり、李白の詩を紹介するに際し、読み下し文を上段に、原文を下段に配置しました。まず読み下し文を音読して、漢詩の音の響きを味わうことも漢詩の楽しみ方の一つだと思います。また、原文を記述する際に、旧字体を使わずに、常用漢字、人名用漢字を中心に表記しました。多くの方に、漢詩を楽しんでいただくための工夫です。

読者も中学や高校の漢文の時間にタイムスリップして、声を出して詩を読んでください。漢詩を音読すると、気持ちもそのころの自分に戻り、全身に力が漲ってきますから不思議なことです。

海江田　万里

目次

【はじめに】 03
【李白関連地図】 10
第一章　李白の青春—望郷の詩 13
●李邕《りよう》に上《たてまつ》る
●蛾眉山月《がびさんげつ》の歌《うた》
●荊門《けいもん》を渡《わた》りて送別《そうべつ》す
●秋《あき》　荊門《けいもん》を下《くだ》る
●廬山《ろざん》の瀑布《ばくふ》を望《のぞ》む　其《そ》の一
●廬山《ろざん》の瀑布《ばくふ》を望《のぞ》む　其《そ》の二
●廬山《ろざん》の五老峰《ごろうほう》を望《のぞ》む
●金陵《きんりょう》の酒肆《しゅし》にて留別《りゅうべつ》す
●静夜《せいや》の思い
万里こぼれ話　伴食宰相《ばんしょくさいしょう》 48
第二章　李白　初の長安入り 49
●春暁《しゅんぎょう》（孟浩然）
●孟浩然《もうこうねん》に贈《おく》る
●黄鶴楼《こうかくろう》にて孟浩然《もうこうねん》の広陵《こうりょう》に之《ゆ》くを送《おく》る
●安州裴長史《あんしゅうはいちょうし》に上《たてまつ》る書《しょ》
●少年行《しょうねんこう》
●行路難《こうろなん》　其《そ》の一
●蜀道難《しょくどうなん》

第三章　李白　諸国漫遊の旅 ―― 81
●梁甫《りょうほ》の吟《ぎん》
●春夜洛城《しゅんやらくじょう》に笛《ふえ》を聞《き》く
●山中《さんちゅう》にて幽人《ゆうじん》と対酌《たいしゃく》す
●韓荊州《かんけいしゅう》に与《あた》ふる書《しょ》
●襄陽《じょうよう》の歌《うた》
万里こぼれ話　傾城傾国《けいせいけいこく》 ―― 114
第四章　李白ついに皇帝に召される ―― 115
●太原《たいげん》の早秋《そうしゅう》
●夜牛渚《よるぎゅうしょ》に泊《はく》して懐古《かいこ》す
●王昌齢《おうしょうれい》が竜標《りゅうひょう》の尉《い》に左遷《させん》せらるると
聞《き》き遥《はる》かにこの寄《き》あり
●南陵《なんりょう》にて児童《じどう》に別《わか》れて京《きょう》に入《い》る
万里こぼれ話　玄宗をめぐる女性たち ―― 132
第五章　長安での李白 ―― 133
●宮中行楽詞《きゅうちゅうこうらくし》　其《そ》の一
●宮中行楽詞《きゅうちゅうこうらくし》　其《そ》の八
●清平調詞《せいへいちょうし》　其《そ》の二
●江南《こうなん》にて李亀年《りきねん》に逢《あ》う（杜甫）
●翰林《かんりん》にて書《しょ》を読《よ》み懐《おも》いを言《い》いて
集賢《しゅうけん》の諸学士《しょがくし》に呈《てい》す
●子夜呉歌《しやごか》　其《そ》の一
●子夜呉歌《しやごか》　其《そ》の二
●子夜呉歌《しやごか》　其《そ》の三
●子夜呉歌《しやごか》　其《そ》の四
●春《はる》の思《おも》い

●秋《あき》の思《おも》い

第六章　李白と杜甫 —— 163

●魯郡《ろぐん》の東石門《ひがしせきもん》にて杜二甫《とじほ》を送《おく》る
●沙丘城下《さきゅうじょうか》にて杜甫《とほ》に寄《よ》す
●春日李白《しゅんじつりはく》を憶《おも》う（杜甫）
●李白《りはく》を夢《ゆめ》む（杜甫）

第七章　李白　漂泊の旅 —— 183

●蘇台覧古《そだいらんこ》
●越中覧古《えっちゅうらんこ》
●酒《さけ》に対《たい》して賀監《がかん》を憶《おも》う　其《そ》の一
●東魯《とうろ》の二稚子《にちし》に寄《よ》す
●内《つま》に贈《おく》る
●金陵《きんりょう》の鳳凰台《ほうおうだい》に登《のぼ》る
●宣州《せんしゅう》　謝朓楼《しゃちょうろう》にて校書叔雲《こうしょしゅくうん》に餞別《せんべつ》す
●汪倫《おうりん》に贈《おく》る
●将進酒《しょうしんしゅ》
●山中問答《さんちゅうもんどう》
●月下《げっか》の独酌《どくしゃく》
●春《はる》の日《ひ》に酔《よ》いより起《お》きて志《こころざし》を言《い》う

万里こぼれ話　中国の三大美女と三大悪女 218

第八章　安史の乱 —— 219

●晁卿衡《ちょうけいこう》を哭《こく》す
●城南《じょうなん》に戦《たたか》う
●北風《きたかぜ》の行《うた》
●永王《えいおう》の東巡歌《とうじゅんか》　其《そ》の一

●永王《えいおう》の東巡歌《とうじゅんか》　其《そ》の二
●夜郎《やろう》に流《なが》されしとき辛判官《しんはんかん》に贈《おく》る

第九章　李白　赦免の旅 —— 245

●早《つと》に白帝城《はくていじょう》を発《はっ》す
●洞庭《どうてい》に遊《あそ》ぶ　其《そ》の一
●洞庭《どうてい》に遊《あそ》ぶ　其《そ》の二
●洞庭《どうてい》に遊《あそ》ぶ　其《そ》の三
●内《つま》が廬山《ろざん》の女道士李騰空《おんなどうしりとうくう》を尋《たず》ぬるを送《おく》る
●酔後従甥《すいごじゅうせい》の高鎮《こうちん》に贈《おく》る

第十章　李白　旅路の果て —— 263

●秋浦《しゅうほ》の歌《うた》　其《そ》の一
●秋浦《しゅうほ》の歌《うた》　其《そ》の二
●秋浦《しゅうほ》の歌《うた》　其《そ》の六
●秋浦《しゅうほ》の歌《うた》　其《そ》の十二
●秋浦《しゅうほ》の歌《うた》　其《そ》の十五
●秋浦《しゅうほ》の歌《うた》　其《そ》の十七
●臨終《りんじゅう》の歌《うた》

【主な参考図書】 —— 279

【あとがき】 —— 282

厥
幽州
（北京）
范陽
黄河
汾水
霊武
太原
唐
汾陽
泰山
鄭州
兗州
長安
渭城
（咸陽）
驪山
洛陽
南陽
漢江
広陵（揚州）
金陵（南京）
呉都
（蘇州）
馬鞍山
太湖
梓州
（綿陽）
白帝城
三峡
奉節
襄樊
安陸
鄂州
秋浦
（貴池）
紹興
（杭州）
江陵
（荊州）
岳州
岳陽楼
廬山
潯陽（九江）
会稽山
鄱陽湖
洞庭湖
渝州（重慶）
江州
長江
豫章（南昌）
夜郎

スーイアブ
（砕葉城）
亀茲（キジ）
ウルムチ
天山
庫車（クチャ）
トルファン
カシュガル
楼蘭
敦煌
玉門
安西
陽関
張掖
ホータン
（于闐）
崑崙山
青海湖
吐蕃
ラサ

李白関連地図

表紙　刀勢画家　故・宮田雅之画伯

題字　汪鐘鳴（汪倫第45代子孫）

章扉写真(7.8.9章)　竹田武史

第一章

李白の青春——望郷の詩

中国の高名な文学者郭沫若《かくまつじゃく》（一八九二―一九七八年）は、その著『李白と杜甫』のなかで、李白は武則天《ぶそくてん》（則天武后《そくてんぶこう》）の長安元年（七〇一年）、中央アジアの砕葉城（スーイアブ）、現在のキルギスタンのトクマク市にあたる地域で生まれたと記述しています。日本ではこの年、大宝律令が成立しています。

のちの世の伝説は、母親が李白を身ごもったときに、金星が口から飛び込んだ夢を見たので、子を太白星つまり金星にちなんで李太白《りたいはく》（李白）と名付けたと伝えています。もちろん、これは他愛のない作り話で、天文学に詳しい人の話では、古代中国では、金星は二つの星だと考えられていて、朝方見える金星は「啓明《けいめい》」、夕方見えるそれは「長庚《ちょうこう》」と呼ばれ、長庚つまり宵の明星の別名が太白であったそうです。

李白は五歳まで西域で暮らし、その後、父親と一緒に剣南道錦州《けんなんどうきんしゅう》（四川省江曲周辺）に移り住んだと伝わっています。この地で李白の父は「李客《りかく》」と呼ばれていたとされますが、「客《かく》」とは「よそ者」の意味で、他の地域からきて住み着いた人物であることを表しています。李家にはかなりの財産があり、その財産によって李白が諸国を漫遊できたことがわかっていますから、一家は西域で交易に携わり、巨額の富を蓄え、そののち錦州にやってきたことが想像されます。

李客の家には、優秀な男の子がいることは近所で評判になっていたようです。李白が自身の生い立ちを綴った『安州《あんしゅう》の裴長史《はいちょうし》に上《たてまつ》る書《しょ》』で「五歳にして六甲《りくこう》を誦《しょう》し」、「十歳にして百家《ひゃっか》を観《み》る」と書いているように、五歳で「六甲」つまり暦に関する書物を読みそらんじることができ、十歳で「百家」つまり『詩経』や『書経』、『楚辞』や『論語』、『荘子』など多くの書物に目を通していたことを明かしています。

◆十八歳で隠者趙蕤《ちょうずい》と出会う

玄宗皇帝の開元六年（七一八年）十八歳になった李白は、錦州の隣の梓州《ししゅう》（四川省綿陽市《めんようし》南部）で、隠者の趙蕤《ちょうずい》と出会います。趙蕤はかって科挙の試験を受けましたが合格せず、梓州の郪《せい》県の長平山にこもって隠遁生活を始めました。奇人ともいえる人物で、諸子百家の思想や歴代の史実に通じ、『長短経《ちょうたんきょう》』と名付けられた歴史上の王者や覇者の業績をまとめた六十三編の書物をものにしました。同時に、剣術に打ちこみ、遊侠の徒とも交流を重ね、山の中の住まいには何十羽もの野鳥を飼い、鳥と会話を楽しむといった不思議な男です。李白は彼に私淑し、師弟関係を結び行動をともにします。この趙蕤との交流は、多感な青年期の李白に大きな刺激を与えただけでなく、その後の彼の人生にも大きな影響を及ぼしたものと思われます。

詩人李白のイメージにそぐわない意外性を感じますが、李白は終生、身に剣を帯びていました。李白は子どものころから、勉学と並行して剣術の稽古に励んでいたこともあり、趙蕤との手合わせでその技に磨きがかかりました。李白が多感な少年時代を過ごした蜀は、任侠の地として有名でしたから、これら遊侠の徒との交流を通じて、李白は「侠」の精神、つまり「生死を軽んじ己の利を捨てて、人の難を助けようとする」（三省堂『漢和大字典』）精神を身につけます。

また、李白と酒の関係は切っても切れないものとして、多くの人の知る所ですが、こうした飲酒の習慣も趙蕤との関係の中で身についたもので、李白は若さにまかせて大量の酒を飲んだようです。さらに、李白は、当時の若い知識人がそうしたように「科挙」の試験に挑戦しようと考えた可能性もあります。しかし、趙蕤は、自らの経験から科挙の試験の無意味さを李白に語り、「それより、玄宗皇帝は官吏や地方の有力者に命じて、各地に埋もれた賢才を推挙するように詔《みことのり》を発しているから、彼らに推挙してもらうことを考えた方がいい」とアドバイスをします。趙蕤と半分仙人のような生活をしていた李白は、まじめに勉強して試験に臨むことは無意味だと判断したのでしょう。早い段階から科挙の試験は諦めていたようです。そして、自分を皇帝に推挙してくれる各地の有力者を求め、諸国漫遊の旅を始めたのです。

◆「任侠」の精神携え諸国漫遊の旅へ

開元八年（七二〇年）、二十歳の李白ははじめて成都《せいと》を訪れています。成都は、錦州もふくめた三十余州をたばねる剣南道《けんなんどう》の大都督府の所在地で、悠久の歴史を有し、肥沃な土地が広がり、錦《にしき》の産地であることから「錦城《きんじょう》」とも、また地味が肥えていて「天府《てんふ》」とも呼ばれていました。

李白は、成都の郊外で礼部尚書《れいぶしょうしょ》（教育・文化庁長官）の蘇頲《そてい》に出会っています。彼は、このとき益州大都督長史《えきしゅうだいとくちょうし》に任じられ、成都に向かうところでした。蘇頲は李白を一目見るなり、この若者はただものではないと感じ、成都に着いたら必ず自分に連絡するようにと告げました。

蘇頲はこの若者を皇帝に推挙しようと考えたのでしょう。李白が成都についたのはこの年の仲春《ちゅうしゅん》、二月のことです。宿所を定め、蘇頲に連絡しますが、一か月経っても蘇頲からは何の連絡もありません。

李白は幾度か蘇頲に、自分の推挙はどうなっているか、問い合わせをしたと思われますが、なしのつぶてです。李白は自身の才能については自信があります。しかし、自分が皇帝に推挙されない理由をあれこれ考え、思い至ったのは自分が商家の子弟であるからだということです。当時の公認の学問である儒教は、「貴穀賤金《きこくせんきん》」といって、生産物を生み出さず、品物を右から左に移して金儲けする商業従事者を軽蔑する思想がありました。李白自身は商業に従事したことはありませんが、父が西域との交易で富を築いたことは、多くの人の知るところでしたから、そのことによって自分が官途に就くことを妨げられたと考えたのではないでしょうか。
自分の学問や才覚は個人の努力によっていくらでも高めることができても、出身だけは変えることはできません。この不条理を前に、青年李白は人生の出発点において深い傷を受けたと思われます。
蘇頲を頼って世に出る道を閉ざされた李白は、失意のうちに成都を離れ、渝州《ゆしゅう》（重慶市中西部）に向かいます。渝州は古代の巴《は》国で、成都の属する益州ほどの賑わいはありませんでしたが、長江と嘉陵江《かりょうこう》が交わる交通の要所で、交易の中心地となっていました。ここでも李白は、渝州刺史の李邕《りよう》の門をたたきます。

この時、李白が李邕に贈った詩が伝わっています。

李邕《りよう》に上《たてまつ》る

大鵬《たいほう》　一日風《いちじつかぜ》と同《とも》に起《お》こり
扶揺《ふよう》　直《ただ》ちに上《のぼ》る九万里《きゅうまんり》

上李邕

大鵬一日同風起
扶揺直上九万里

仮令《たとえ》　風《かぜ》　歇《や》みて時《とき》に下《くだ》り来《きた》るも
猶能《なおよ》く　滄冥《そうめい》の水《みず》を簸却《はきゃく》す
時人《じじん》　我《われ》の　恒《つね》に調《しら》べを殊《こと》にするを見《み》
余《よ》の大言《たいげん》を聞《き》きて　皆《ことごと》く冷笑《れいしょう》す
宣父《せんぷ》も猶能《なおよ》く　後生《こうせい》を畏《おそ》る
丈夫《じょうふ》　未《いま》だ　年少《ねんしょう》を軽《かろ》んずべからず

仮令風歇時下来
猶能簸却滄冥水
時人見我恒殊調
聞余大言皆冷笑
宣父猶能畏後生
丈夫未可軽年少

おおとりはある日風にのって飛び立ち
たつ巻を起こして九万里の高みに昇る
もし風が止んで地上に舞い降りたとしても
それでも海水を震《ふる》わす
今の人たちは私がいつも人と違っているのを見て
私が大言壮語するのを聞き冷笑する
孔子は「若者をおそれなければならない」といったが
貴方も私が年若いからと軽く見ないでほしい

この詩は李白の作ではなく、後の時代の人が創作した詩ではないかとの説があることを最初に断わっておかなければなりません。李白と李邕ではもちろん、李邕が先輩です。しかも李邕は、自信家で、悪く言えば傲慢な性格を持っていたことは有名で、李白がそのことを知らなかったはずはありません。その李邕に向かって、自分を伝説の巨鳥で一度羽ばたけば九万里も飛ぶといわれているおおとりに例えて、年が若いからと軽く見ないでほしい、と大見得を切っているのです。

これでは、李邕が李白を前途有為な若者と見込んで皇帝に推薦するとは、とても思えません。案の定、李邕は李白を皇帝に推挙することなく、渝州名産の桃竹で編んだ書籍入れを贈っただけでした。

◆官途に就く志、妨げられるも二十四歳で奮起

なお、李邕は書の世界では王羲之《おうぎし》に次いで行書の名人として高い評価を得ていますが、政治の世界では宰相の李林甫《りりんぽ》と対立して、非業の最期を遂げています。成都と渝州での仕官への運動がむなしく終わり、李白はいったん、故郷に帰ります。故郷では、父親に仕官がかなわなかったことを報告します。父親は李白に、李家の歴史について語り、李白を励まします。

「わが家は元をただせば、隴西《ろうせい》（甘粛省東南部）の李氏だ。遠くは名将の李広《りこう》がいて、近くは隋・唐の時代に酒泉《しゅせん》にみやこをおいた涼武昭王《りょうぶしょうおう》の李暠《りこう》がいる。西涼国《せいりょうこく》が滅亡して、一家は遠くに逃れ、そこで商売をした。唐朝の天子は隴西の李氏であるからわが家とつながっている。わが李家は皇室の宗家だ」

父親の話がどこまで真実かはさておき、李白が父から聞いた李家の歴史を前述した『安州《あんしゅう》の裴《はい》長史《ちょうし》に上《たてまつ》る書《しょ》』のなかでも披歴しています。それまで自分の出自にすっかり自信を無くし、半ば自暴自棄になっていた李白は、父のひと言に大いに励まされ、こののち再び、天下に名をあげようと諸国漫遊の旅に出ます。開元十二年（七二四年）、李白は二十四歳の春のことです。

故郷を離れた李白は、荊州《けいしゅう》の首府、江陵《こうりょう》を目指し、途中、峨眉山《がびさん》に登ります。峨眉山は、五台山《ごだいさん》、普陀山《ふださん》、九華山《きゅうかざん》とならんで中国仏教の四大聖地のひとつで、雲海の上に連なる峨眉山の山並みが女性の眉に似ていることからこの名がつきました。ここで李白は史懐一《しかいいち》という名の高僧と巡り合います。高僧は、かつて初唐の詩人陳子昂《ちんすごう》と長く深い交流を重ねていました。その陳子昂が冤罪により獄死したあと、彼から預かった『陳拾遺集《ちんしゅういしゅう》』全十巻を李白に托すことになります。李白はそのまま峨眉山にこもり、『陳拾遺集』を読みふけります。

やがて季節が秋になり、高僧から託された『陳拾遺集』もすべて読み終わり、峨眉山を去ることにします。「南船北馬」の言葉があるように、このころの中国の南部では、旅は舟を利用して川を上り下りするのが、通常でした。峨眉山を去って東へ行くには、ふもとの清渓《せいけい》から平羌江《へいきょうこう》（青衣《せいい》江《こう》）を通って長江を下るのが一番の早道です。長江の水路は当時の旅人にとって、現代の旅行者が新幹線や高速道路を利用するようなものだったと思われます。この舟旅で、李白は秋の半月が江《かわ》に映るのを見て七言絶句をつくっています。それが有名な次の詩です。

峨眉《がび》山月《さんげつ》の歌《うた》

峨眉《がび》山月《さんげつ》　半輪《はんりん》の秋《あき》
影《かげ》は平羌江《へいきょうこう》水《すい》に入《い》って流《なが》る
夜《よる》　清渓《せいけい》を発《はっ》して　三峡《さんきょう》に向《む》かう
君《きみ》を思《おも》えど見《み》えず　渝州《ゆしゅう》に下《くだ》る
峨眉山月歌

峨眉山月半輪秋
影入平羌江水流
夜発清渓向三峡
思君不見下渝州
峨眉山の上に　秋の半月がかかっている
月の影は平羌江の水とともに流れる

夜に　峨眉山のふもとの清渓を発って　これから三峡に向かう
月をもう一度見ようとふりかえるが見えない　舟は渝州へと進む

わずか二十八文字の絶句の中に、峨眉山、平羌江、清渓、三峡、渝州と地名や山河の名が五つ入っています。それで見事に一首の詩が成立しています。李白が絶句の達人といわれる所以です。

渝州は現在の重慶市にあたり、長江を下って江陵《こうりょう》へ行く途中に位置します。

ここで気になるのは「君」の字です。私は月と解釈しましたが、李白はことのほか月に思いを寄せ、このほかの詩にもたびたび登場します。李白の生涯を「月と酒を愛した人生」と表現する者もいるくらいです。なかでも、李白が生涯で一番、思いを込めて眺めた月は、やはり故郷蜀の峨眉山の上にかかった、この月ではなかったかと考えられます。いずれにしろ、故郷を離れて、かれこれ一年が過ぎ、秋のおとずれとともに、懐かしく故郷を思い出しているのです。

◆二十五歳、故郷の「蜀」を離れて「楚」国へ

二十五歳の李白は、渝州《ゆしゅう》をへて長江一の難所、三峡《さんきょう》を下ります。三峡とは上流から瞿塘峡《くとうきょう》、巫《ふ》

峡《きょう》、西陵峡《せいりょうきょう》をさし、急峻な崖《がけ》が両岸にそびえ、天下の絶景となっています。

現在は下流に三峡ダムが建設され、長江の水位が上がったため、李白が眺めた風景のままではありません。私は幸いに三峡ダムの工事が本格化する前、一九九六年に三峡下りを楽しむことができました。李白の有名な詩『早《つと》に白帝城《はくていじょう》を発《はっ》す』にあるような鋭い猿の鳴き声は残念ながら聞くことはありませんでしたが、一帯は自然保護区に指定されているだけあって、開発の波におそわれずに、李白の時代の姿がほぼそのまま残っている風景には心を動かされました。二〇〇九年に三峡ダムが完成して、現在は水位が上がり川幅が若干広くなってはいますが、相変わらず流れは急で、周囲の山々の風情は李白が眺めた当時とあまり変わらないと思われます。

三峡最後の西陵峡《せいりょうきょう》を出ると、まもなく荊門《けいもん》（湖北省荊門市）に着きます。長江をはさんで、両側に荊門山《けいもんさん》と虎牙山《こがさん》が対峙し、このあたりは「荊州大門」の表現がぴったりの、荊州の玄関口になります。

友人が誰かはっきりしませんが、李白はここ荊門で友人と邂逅《かいこう》し、その友人を荊門の渡し場で見送る五言律詩をつくっています。

荊門《けいもん》を渡《わた》りて送別《そうべつ》す

渡《わたし》は遠《とお》し　荊門《けいもん》の外《そと》
来《き》たって楚国《そこく》に従《よ》りて遊《あそ》ぶ
山《やま》は平野《へいや》に随《したが》って尽《つ》き
江《こう》は大荒《たいこう》に入《い》りて流《なが》る
月下《つきくだ》りて　天境《てんきょう》飛《と》び
雲生《くもしょう》じて　海楼《かいろう》を結《むす》ぶ
仍《な》お憐《あわ》れむ　故郷《こきょう》の水《みず》
万里《ばんり》　行《ゆ》く舟《ふね》を送《おく》るを

渡荊門送別

渡遠荊門外
来従楚国遊
山随平野尽
江入大荒流
月下飛天境
雲生結海楼
仍憐故郷水
万里送行舟

渡し場は荊門の外　遠くにある
君はこれから楚国に旅立つ
これまで続いた山々はここから先は平野になって尽きてしまう
長江は遠くまで流れて途切れることはない

月が川面に落ちて　天の鏡に映っているようだ
雲が沸き　蜃気楼《しんきろう》が見える
しみじみと思う　故郷の水が
舟を浮かべて万里の彼方へ運んでゆくのを

李白は、ここ荊門《けいもん》で楚国へ旅立つ友人を送っていますが、自身もあと数日でこの地を去って、江陵へ向かうことを決めています。このまま長江を下れば、故郷との距離はさらに遠くなります。この詩で李白が一番思いを込めたのは、「仍《な》お憐《あわ》れむ　故郷《こきょう》の水《みず》」の句ではないでしょうか。「故郷の水」、つまり故郷を流れる長江にしみじみとした思いを寄せています。

次いで、ほどなく自分が荊門を去る時に作った七言絶句も紹介しましょう。

秋荊門《あきけいもん》を下《くだ》る　　秋下荊門

霜《しも》　荊門《けいもん》に落《お》ちて　江樹空《こうじゅむな》し　　霜落荊門江樹空

布帆《ふはん》　恙無《つつがな》く　秋風《しゅうふう》に挂《か》かる
此《こ》の行《こう》　鱸魚《ろぎょ》の膾《なます》の為《ため》ならず
自《おの》ずから名山《めいざん》を愛《あい》して　剡中《せんちゅう》に入《い》る

布帆無恙挂秋風
此行不為鱸魚膾
自愛名山入剡中

霜がここ荊門に降って　長江の岸の樹木も葉を落としている
舟の布の帆も秋風を受けて順調だ
このたびの旅行は　スズキの刺身を食べに行くためではない
行く手の剡中の名山を愛《め》でたくて向かうのだ

「鱸魚《ろぎょ》の膾《なます》」（スズキの刺身）の話は、東晋の時代に呉出身の張翰《ちょうかん》が政情不安な洛陽を離れるに際して、故郷の味である「鱸魚の膾」が食べたくなったからと伝えたとの故事を踏まえています。

「剡中《せんちゅう》」は、現在の浙江省嵊州市《せっこうしょうじょうしゅうし》の南の地方をさし、風光明媚な場所です。

前に紹介した『峨眉山月の歌』と荊門での二つの詩を続けて読むと、青年李白が諸国漫遊の旅に出る期待と、同時に、つねに胸に抱いている故郷への強い思いを感じることができます。

荊門を出た李白は江陵《こうりょう》（湖北省荊州市）に着きます。江陵は荊州の首府で、現在からおよそ二〇〇〇年以上前の戦国時代の楚《そ》の国の首府でもありました。

戦国時代の楚は、長江の中流域に広範な版図を有し、「戦国の七雄」の一つとして強大な力を持ちながら、台頭してきた秦の前に、「合従《がっしょう》」、つまり斉などと結んで秦に対抗する策をとるか、秦と同盟して生き延びる「連衡《れんこう》」策を選ぶか、揺れ動いたことでよく知られています。

楚の懐王《かいおう》は結局、秦の張儀《ちょうぎ》の策略に乗って秦と結び、懐王は秦との同盟を結ぶため秦を訪れ、そのまま幽閉され死亡します。このとき、愛国詩人として知られた楚の屈原《くつげん》は、「連衡」策に反対したものの容れられず、汨羅《べきら》の淵《ふち》（湖南省北東部の岳陽市付近を流れる川）に身投げして水死する話はあまりにも有名です。

端午の節句に、人々がちまきを食べるのは、身投げした屈原の遺体を淵に棲む竜神が食べないようにと、住民がちまきを作って淵に投げ込んだことが起源とされています。汨羅の淵のあたりの住民は、古くからこの時期にちまきを作って食べていたようです。

そののち紀元前二二三年に楚は滅び、やがて秦が中国を統一することになります。

◆道教の大師司馬承禎《しばしょうてい》との邂逅

江陵は成都と並ぶ大都市ですから、遊興のための酒楼も数多く存在し、父親からもらった餞別も少なからず残っていたので、李白は連日、酒楼に上がって酒を飲んだであろうことが想像されます。このころの李白の酒の飲み方は、友人と連れ立って飲み屋に入り、酒代はすべて彼が払った「男気」のあるものでした。こうして培った友人は、のちの時代の李白の流浪の旅を支えてくれることになります。同時に、ここ江陵での最大の収穫は、道教の大師である司馬承禎《しばしょうてい》に出会って、道教についての認識を深めたことにあります。

司馬承禎、字は子微《しび》、号は白雲。彼はすでに七十歳に達し、いつもは天台山の玉霄峰《ぎょくしょうほう》に隠居していましたが、南岳衡山《こうざん》に向かうため江陵に立ち寄ったところを、李白と同行の呉指南《ごしなん》が聞きつけ、彼は李白をぜひ司馬承禎に会わせようと力を尽くしてくれました。この呉指南について李白は『安州《あんしゅう》の裴長史《はいちょうし》に上《たてまつ》る書《しょ》』に、「昔蜀中の友人」と書いていますから、李白が蜀にいたときからの友人で、蜀を出て諸国漫遊の旅を始めた李白と行動をともにした人物です。

これまでに武則天や睿宗《えいそう》、そして玄宗《げんそう》といった歴代皇帝は礼を尽くして司馬承禎を遇しています。特に玄宗皇帝は彼を崇道政策の顧問として、直接法籙《ほうろく》（道教の奥義の書物）を授かるなどしています。そうした司馬承禎の高名を知っていた李白は、当然、面会を熱望します。

古来、中国では初対面の相手に面会を申し込む場合は、「名刺」を訪問先の使用人に渡しました。これを「謁《えつ》」あるいは「刺《し》」といい、当初は細長い竹の板に名前と用件を書きましたが、唐の時代には紙に書くのが一般的となっていました。名刺に書かれた「峨眉布衣李白《がびふいりはく》」の文字を見て司馬承禎は面会を了承します。布衣《ふい》というのは、粗末な布で作った衣服の意味で、転じて官位をもたない庶民という意味です。

はたして司馬承禎は李白を一目見るなり、彼の才気が並ならないことに気づきます。司馬承禎は老荘思想、特にその中心的な考えである「無為《むい》」についての李白の熱心な問いかけに丁寧に答え、天台山での再会を約束しました。李白は、この面談をきっかけに荘子の『逍遥遊《しょうようゆう》』、『斉物論《せいぶつろん》』、『養生主《ようせいしゅ》』などの論文を熟読玩味します。

当時の知識人は、官途に就くための儒学と、自身の生きかたの指針となる老荘思想、つまり道教の間で葛藤を感じたものです。李白も自ら「十歳にして百家を観る」と書いていますから、当然、孔子・孟子の思想を学んだはずです。しかし、儒教の偏見によって官吏への道を閉ざされた李白は、儒教への執着は希薄で、このあとはひたすら道教への傾斜を強めます。

◆洞庭湖、黄鶴楼、廬山を訪ね詩を賦す

荊州を発った李白は長江をさらに下り、岳州《がくしゅう》（湖南省岳陽市）の巴陵《はりょう》に着きます。ここで有名な岳陽楼《がくようろう》に上り、洞庭湖《どうていこ》に舟を浮かべて遊びました。范仲淹《はんちゅうえん》が「先憂後楽」の句で有名な『岳陽楼記』を書いたのは、李白がこの地を訪ねてからさらに三〇〇年ほどのちの北宋の時代のことです。巴陵では、李白の旅に同道した呉指南が病を得て帰らぬ人となります。李白は、この友人をねんごろに弔い、一切の葬儀を終えて岳州を離れ、鄂州《がくしゅう》（湖北省東部、武漢の付近）へと向かいます。

鄂州の首府は江夏《こうか》。江夏も古くからの鎮《まち》で、有名な黄鶴楼《こうかくろう》や、鸚鵡洲《おうむしゅう》、赤壁《せきへき》などの名勝旧跡が数多くあります。黄鶴楼は三国時代、呉の孫権《そんけん》によって物見やぐらとして建てられ、その後眺望のよいことから多くの文人墨客が遊びにきたことで有名になりました。李白も『黄鶴楼《こうかくろう》にて孟浩然《もうこうねん》の広陵《こうりょう》に之《ゆ》くを送《おく》る』（五十五頁で紹介）の詩を賦していますが、これはこののちのことで、この時点では孟浩然との交流はありませんでした。

黄鶴楼《こうかくろう》の名前の由来は、いまさら説明の必要もないくらいよく知られています。その昔、ここにあった酒店で酒を飲んだ仙人が、酒代の代わりに壁に黄色い鶴を描いたところ、その鶴が店主の手拍子に合わせて踊りだしたことから見物客が押し寄せ、店主は大金持ちになったという話が伝わっ

ています。
李白は、江夏からさらに東にくだり、陶淵明の故郷、潯陽《じんよう》を訪ね廬山《ろざん》に登ります。廬山の香炉《こうろ》峰《ほう》の瀑布の前で作ったのがこれも有名な『廬山《ろざん》の瀑布《ばくふ》を望《のぞ》む（二首）』です。

廬山《ろざん》の瀑布《ばくふ》を望《のぞ》む　其《そ》の一

西《にし》のかた香炉峰《こうろほう》に登《のぼ》り
南《みなみ》のかた瀑布《ばくふ》の水《みず》を見《み》る
流《なが》れを挂《か》く　三百丈《さんびゃくじょう》
壑《たに》に噴《ふ》く　数十里《すうじゅうり》
欻《こつ》として飛電《ひでん》の来《きた》るが如《ごと》く
隠《いん》として白虹《はくこう》の起《た》つが若し
初《はじ》めは驚《おどろ》く　河漢《かかん》落《お》ちて
半《なか》ば雲天《うんてん》の裏《うち》に灑《そそ》ぐかと

望廬山瀑布　其一

西登香炉峰
南見瀑布水
挂流三百丈
噴壑数十里
欻如飛電来
隠若白虹起
初驚河漢落
半灑雲天裏

仰《あお》ぎ観《み》れば　勢《いきお》い転《うた》た雄《ゆう》なり
壮《さか》んなる哉《かな》　造化《ぞうか》の功《こう》
海風《かいふう》　吹《ふ》いて断《た》えず
江月《こうげつ》　照《て》らして空《そら》を還《めぐ》る
空中《くうちゅう》　乱《みだ》れて潈射《そうしゃ》
左右《さゆう》　青壁《せいへき》を洗《あら》う
飛珠《ひしゅ》　軽霞《けいか》を散《さん》じ
流沫《りゅうまつ》　穹石《きゅうせき》に沸《わ》く
而《しか》して我《われ》　名山《めいざん》を楽《たの》しみ
之《これ》に対《たい》して　心益閑《こころますますのどか》なり
論《ろん》ずる無《な》かれ　瓊液《けいえき》に漱《すす》ぐを
還《ま》た得《え》たり　塵顔《じんがん》を洗《あら》うことを
且《か》つ諧《かの》う　宿《もとよ》り好《この》む所《ところ》に
永《なが》く願《ねご》う　人間《じんかん》を辞《じ》するを

仰観勢転雄
壮哉造化功
海風吹不断
江月照還空
空中乱潈射
左右洗青壁
飛珠散軽霞
流沫沸穹石
而我楽名山
対之心益閑
無論漱瓊液
還得洗塵顔
且諧宿所好
永願辞人間

西の香炉峰に登ると
南に滝の水が見える
水の流れは三百丈の高みから掛かる簾《すだれ》のようだ
数十里にわたり谷に向かって水が吹き出す
突然　稲妻が光ったかと思えば
ぼんやり白い虹がかかったかのようだ
初めは天の川が落ちてきたかとびっくりしたが
それは空の雲の中に注ぐようにも思える
見上げれば　その勢いが次第に盛んになる
自然の営みは何と壮大なことであろうか
遠い果てから吹き寄せる風はやむことが無く
川面に映った月は　再び空を明るくする
滝の流れは空中で入り乱れ
左右の苔の生えた岩壁を洗っている
水の飛沫によって霞が生じ

流れの泡は大きな岩が沸き立っているようだ
こうして私は山を楽しみ
自然と向き合っていると心が伸びやかになる
わざわざ瓊液《けいえき》（仙人の薬）で口を漱がなくても
こうしていれば世の中の塵にまみれた顔を洗うことができる
ここは私がもとから気に入った場所で
このままずっと憂き世とおさらばしたい

廬山《ろざん》の瀑布《ばくふ》を望《のぞ》む　其《そ》の二
日《ひ》は香炉《こうろ》を照《て》らして紫煙《しえん》を生《しょう》ず
遥《はる》かに看《み》る瀑布《ばくふ》の前川《ぜんせん》に挂《かか》るを
飛流直下《ひりゅうちょっか》　三千尺《さんぜんしゃく》
疑《うたが》うらくは是《こ》れ銀河《ぎんが》の九天《きゅうてん》より落《お》つるかと

望廬山瀑布　其二
日照香炉生紫煙
遥看瀑布挂前川
飛流直下三千尺
疑是銀河落九天

日が香炉峰を照らすと　香炉から紫煙がたっているようにかすみがたつ
目を凝らしてみると滝の流れが、向こうの川にかかっているように見える
廬山の上から滝つぼへ　三千尺を一直線にくだる
ひょっとするとこれは天の川が空のてっぺんから落ちてきたのではなかろうか

「其の二」を読むと、李白が絶句の達人といわれる所以がよくわかります。私は、漢詩を作り始めたころ、しきりと文字数の少ない五言絶句に挑んだことがあります。しかし、なかなかいい詩が作れずにいると、今は亡き漢詩界の泰斗《たいと》、石川忠久先生が諭してくれました。「五言絶句は、もっと漢詩が上達してから作るもので、最初は句数が多い律詩か絶句でも七言を習熟して、それから最後に五言絶句にたどり着くのが正攻法です」と。

李白は香炉峰の雄大な瀑布を前にして、胸中様々な感情が湧いてきたことと思います。それをまず、五言でも句数の多い古詩にまとめ、それから、一番言いたいことを七言の絶句にまとめ上げたのです。絶句にまとめるに際しては、余分な表現は削ぎ落して、詩全体をブラッシュアップすることが必要です。「其の一」の詩では滝の落差は三百丈だったのが、「其の二」では三千尺になっています。一尺はおよそ三十センチで、十尺は一丈ですから、三千尺と三百丈は同じことを表現してい

るのですが、三千尺となると三百丈よりはるかに落差は大きいと錯覚します。詩作の途中で李白はそのことに気付き、「其の二」で三千尺と書き換えたのです。李白の巧みさがわかります。

香炉峰《こうろほう》は廬山山系のなかで、西北に位置する峰で、形が香炉に似ていることからこの名がついたといわれています。また香炉峰と呼ばれる峰は李白が詠んだ峰とは別にさらに複数（三座）存在するとの指摘もあります。

廬山といえば、白居易と日本の清少納言の名も思い起こされます。中唐の詩人白居易は廬山の香炉峰のふもとに草堂を結び、香炉峰や山中の遺愛寺《いあいじ》について詩作しています。これらの詩文を集めた『白氏文集《はくしもんじゅう》』は日本に伝わり、一条天皇の中宮藤原定子に仕えた清少納言も愛読していて、『枕草子』の中で、香炉峰の雪について中宮とやりとりした様子を描いています。

李白が廬山でつくった、もうひとつの七言絶句も紹介しましょう。

廬山《ろざん》の五老峰《ごろうほう》を望《のぞ》む　　望廬山五老峰

廬山東南《ろざんとうなん》の五老峰《ごろうほう》　　廬山東南五老峰

青天《せいてん》削《けず》りい出《だ》す　金芙蓉《きんふよう》
九江《きゅうこう》の秀色《しゅうしょく》　攬結《らんけつ》す可《べ》し
吾将《われまさ》に此《こ》の地《ち》にて雲松《うんしょう》に巣《す》くわんとす

青天削出金芙蓉
九江秀色可攬結
吾将此地巣雲松

廬山の東南に五老峰がある
青空のなかにそびえるその姿は　金色の芙蓉の花を削り出したようだ
九つの江《かわ》の見事な景色は　手に取ってよく見てみたい気になる
この土地で雲がたなびく松の枝に巣をつくって棲みたいものだ

廬山に登って五人の老人がたたずむような形をしている五老峰を望んだときの作です。

九江は廬山の北のふもとにある潯陽のまちのあたりで、長江の九つの支流が合流することからこの名がつきました。また、この地は李白が敬愛した陶淵明の故郷で、南に臨む廬山は南山とも称され、陶淵明の多くの詩に詠われています。李白も廬山に登り五老峰を眺め、目を転じて遠くに九江の地で長江の支流が集まる姿を眺めて、仙人になってこの土地で暮らしたいと思います。李白はよっぽど廬山が気に入ったのでしょう。その思いが強く出た詩です。

◆謝朓《しゃちょう》が好んだ金陵の名所を訪ねる

開元十三年（七二五年）秋、二十五歳の李白は、金陵《きんりょう》（現在の南京市）に着きます。金陵は、玄武湖に面し、「虎踞竜盤《こきょりゅうばん》（虎が踞《うずくま》り　竜がとぐろを巻く）」と形容される恵まれた地形で、古来、三国時代の呉、東晋、南朝の宋、斉、梁、陳の六つの王朝が、ここを首府と定めています。三国時代に先立つ戦国時代の楚の懐王の父の威王《いおう》が、この地は「王の気」があることを発見し、金を埋めて地鎮祭を行ったことから、金陵の名がついたとされています。

金陵には東の郊外に鐘山《しょうざん》があり、この山の高さは五〇〇メートル弱で、現在は紫金山《しきんざん》と呼ばれ、山の中腹には孫中山の陵もあり、南京を訪れる観光客の多くはこの山に登ります。

金陵は六王朝の首府であっただけに、名勝旧跡には事欠きません。李白も金陵滞在のおよそ一年間に、鐘山はもちろんのこと、西の清涼山《せいりょうざん》の地形を利用して呉の孫権が築いたとされる石頭城《せきとうじょう》を訪ね、さらに南朝の詩人、謝朓《しゃちょう》の足跡をたどっています。

日本では江戸時代に多くの人に読まれた『唐詩選』の影響もあり、唐時代の詩が好まれ、その前の時代の詩は、一般の人々にはあまり注目されていない状況ですが、東晋、南朝時代にも多くの優れた詩人がいます。その筆頭が陶淵明であり謝朓《しゃちょう》でしょう。謝朓は陶淵明の死のおよそ五十年後の南朝「斉《せい》」で活躍した詩人で、同族の謝霊運《しゃれいうん》とともに、山水や花鳥風月をうたった詩を多く残しています。李白は、謝朓の詩の清明さをことのほか愛し、自らの詩のなかでも謝朓の詩に対する高い評価をあらわしています。

李白は金陵を去るにあたって次の詩をつくり、謝朓が好んだこの地を去り難い思いを残しています。

金陵《きんりょう》の酒肆《しゅし》にて留別《りゅうべつ》す

風《かぜ》は柳花《りゅうか》を吹《ふ》きて　満店香《まんてんかんば》し
呉姫《ごき》酒《さけ》を圧《あっ》し　客《きゃく》を喚《よ》びて嘗《な》めしむ
金陵《きんりょう》の子弟《してい》　来《き》たって相送《あいおく》り
行《ゆ》かんと欲《ほっ》して行《ゆ》かず　各觴《おのおのさかずき》を尽《つ》くす
請《こ》う君《きみ》試《こころ》みに問《と》え　東流《とうりゅう》の水《みず》に
別意《べつい》と之《これ》と　誰《いずれ》か短長《たんちょう》と

金陵酒肆留別

風吹柳花満店香
呉姫圧酒喚客嘗
金陵子弟来相送
欲行不行各尽觴
請君試問東流水
別意与之誰短長

風は柳の花を飛ばし　飲み屋の中いっぱいにかぐわしい香りがただよっている
呉の国の女性は酒をつくって　客に一杯どうですかと呼び込む
金陵の若者たちが私を見送りに集まってくれた
旅立とうとするが　なかなかその気になれずにお互いに觴《さかずき》を干す
どうぞ君は東へ流れる水（長江）に尋ねてくれ
別れのつらさと長江の水とどちらが長く尾を引くかを

この詩のタイトル『金陵《きんりょう》の酒肆《しゅし》にて留別《りゅうべつ》す』に注目です。「酒肆《しゅし》」の「肆《し》」は今では「書肆《しょし》」などでごくまれに使われますが、店の意味で、酒肆は飲み屋となります。対外開放後の中国では、酒店は主にホテル（特に高級ホテル）を指します。以前は「飯店」や「賓館」が主流でしたが、香港などのホテルにならって、これまでのホテルと差別化する意味で酒店の名を付けたのが最初ではないでしょうか。

また「留別《りゅうべつ》」は出発する人が見送る人に別れを告げることで、反対に、残る人が出発する人を送るのは「送別《そうべつ》」です。二十五頁の『荊門《けいもん》を渡《わた》りて送別《そうべつ》す』の詩では李白は、その地に残って友人が旅立つのを見送りました。今度は李白が旅立つのを金陵の人々が見送りに来てくれたのです。

詩中に「風《かぜ》は柳花《りゅうか》を吹《ふ》きて」とありますから、季節は春（二―三月）のころのことでしょう。「柳《りゅう》」は、日本でもよく見かけるしだれ柳で、「楊《よう》」は枝が立ち上がるネコヤナギのことです。四―五月ごろ北京を訪問した人は飛び交う「柳絮《りゅうじょ》」を目の当たりにしますが、これは柳の花ではなくその種《たね》で、綿毛によって風に流されて町にただよいます。柳の花は黄緑色で細長く、一見すると毛虫のような形をしています。形状は見栄えが悪くても香りが清々しく、飲み屋のなかにただよい、酒席に芳しい香りを添えたのです。

この詩は六句からなり、四句の絶句、八句の律詩とはことなり、古体詩もしくは古詩と分類されます。古詩の句数は自由ですが、この詩のように偶数句であることが原則で、その場合、押韻はかならず偶数句におこなうことがきまっています。もちろん、この原則には例外もあり、盛唐の詩人岑参《しんじん》はたびたびこの原則から外れた古詩をつくっています。

この詩では、第二句の「嘗（ショウ）」、第四句の「觴（ショウ）」、第六句の「長（チョウ）」とそれぞれ押韻しています。古詩の韻は、四句ごとに変える「換韻」と最後まで同じ韻で通す「一《いち》韻到底格《いんとうていかく》」があり、この詩の韻は、それぞれ「陽」の下平声で「一韻到底格」の詩となります。

◆生涯初の貧苦に襲われ名詩が生まれる

この詩にうたわれたように後ろ髪をひかれる思いで金陵を発った李白は、揚州《ようしゅう》へ向かいます。揚州は淮南道《わいなんどう》大都督府の所在地で街の賑わいは金陵以上でした。李白の諸国漫遊の旅も、故郷を出てすでに三年近くたち、これまで訪れた各地で豪遊してきましたから、持参した金も底をつきはじめました。李白自身は、くだんの『安州《あんしゅう》の裴長史《はいちょうし》に上《たてまつ》る書《しょ》』のなかで、「曩昔東《のうせきひがし》のかた維揚《いよう》に遊《あそ》び一年を逾《こ》えずして金《きん》を散《さん》ずること三十余万」と告白しています。維揚とは揚州のことです。つまり揚州で一年足らずの間に普通に暮らせばゆうに十年は使える金額の三十余万金を使い切ったのです。

悪いことは重なるもので、手持ちの資金が枯渇したころに、李白は病を得て床に伏します。どんな病気かはっきりしませんが、かなりの重病であったようです。

李白が宿泊していた旅館の主人も彼に金がないことを知ると、途端にあつかいがぞんざいになります。窮状に陥っていた李白を助けてくれたのは、友人の孟小府《もうしょうふ》で、この人物の詳細は明らかではありませんが、姓が孟で小府は官職名。その呼び名から江都県衙《こうとけんが》の県尉《けんい》をつとめていたことがわかっています。彼が金を持参して、宿屋に李白を見舞うと、宿の主人も態度をがらりと変えます。また、孟小府は李白のために医師と良薬を手配してくれたので、李白はまもなく健康を取り戻します。

豪商の家に生まれた李白は、おそらく生涯で初めて金のない苦しさを味わい、同時に病のつらさを知ったことと思います。そんな落ち込んだ気持ちでつくったのが、李白生涯の傑作ともいわれる次の詩です。

静夜の思い

牀前《しょうぜん》　月光《げっこう》を看《み》る
疑《うたご》うらくは是《こ》れ　地上《ちじょう》の霜《しも》かと
頭《こうべ》を挙《あ》げて　山月《さんげつ》を望《のぞ》み
頭《こうべ》を低《た》れて　故郷《こきょう》を思《おも》う

静夜思

牀前看月光
疑是地上霜
挙頭望山月
低頭思故郷

寝台のあたりに明るい月の光が差し込んでいる
これは地上に霜が降りているかと錯覚した
頭を挙げて　山の上の月をながめ
頭を低くして　故郷のことを思った

もう二十年以上前のことになりますが、大修館書店発行の雑誌『しにか』が、「漢詩国民投票」を行ったことがあります。同誌の読者を対象に、日本人の好きな漢詩人とその作品を選んでもらったところ、詩人部門のトップは李白（二一六票）、次いで杜甫（一八五票）、白居易・杜牧（六九票）となりました。作品部門では、第一位が杜甫の『春望《しゅんぼう》』（八四票）、第二位は杜牧の『江南《こうなん》の春《はる》』（四六票）、第三位は王維の『元二《げんに》の安西《あんせい》に使《つか》いするを送《おく》る』（四〇票）となり、李白の詩がベストテン入りするのは第五位の『静夜《せいや》の思《おも》い』（二九票）、第七位の『早《つと》に白帝城《はくていじょう》を発《はっ》す』（二六票）でした。

私が投票するとしたら、李白の作品では、一位はこの後に紹介する『早に白帝城を発す』で、二位はこの『静夜の思い』となり、アンケートの順位とは逆になりますが、このアンケートの結果は結果としてすなおに受け止めます。

この詩はわかり易い表現でつづられているので、一読すれば李白がこの詩に込めた当時の感情が伝わってくると思います。「牀前《しょうぜん》」の「牀」（床）はベッド、寝台のこと。「牀前」で寝台のあたりと現代語訳しました。旅の地で病気になって弱気になった李白が、ふと目を覚ますと、辺《あた》り一面真っ白で、一瞬霜が降りたのかと錯覚します。おちついて光の源である月を眺めると、この月は懐かしい故郷をも照らしていることに気が付き、「今ごろ郷里の人々はどんな思いでこの月を眺めているのだろうか」とふつふつと望郷の念がわいてきます。この詩が望郷詩の傑作といわれる所以がここにあります。

詩題の『静夜の思い』（静夜思）は『全唐詩』（清の康熙帝の勅命によって一七〇三―五年に編さんされた）によりますが、中国でよく読まれている『唐詩三百首』（清の乾隆年間、一七六三年衡塘退士《こうとうたいし》によって編さんされた）では『夜の思い』（夜思）となっています。またこの詩の起句「牀前《しょうぜん》　月光《げっこう》を看《み》る」（牀前看月光）と転句の「頭《こうべ》を挙《あ》げて　山月《さんげつ》を望《のぞ》み」（挙頭望山月）も、『唐詩三百首』では「牀前《しょうぜん》　月光明《げっこうあき》らかなり」（牀前明月光）、「頭《こうべ》を挙《あ》げて　明月《めいげつ》を望《のぞ》み」（挙頭望明月）となっていて、中国人にはこちらのほうがなじみのようです。


漢詩はこの時代の詩に限らず、テキストによって文字がことなることがよくあります。それは詩が、琴や笛の伴奏に合わせて歌われることが多く、歌い手によって元の詩が変えられてしまうことも度々あったからです。私は故郷を偲ぶこの詩の月は、山の多い蜀の国で見る月、つまり「山月」がふさわしいと考え、『全唐詩』にある「山月」を用いました。もっとも詩は韻文ですし、特にこの時代の絶句や律詩は定型詩といって、詩の構成に厳格な決まりがあり、押韻と平仄の配列を整えることが大切です。これらの文字を違えると詩としての完成度が低くなります。

またこの詩は、形式上「五言絶句」と、「楽府《がふ》」の両方に区分されることがあります。「楽府」は、漢の武帝の時代に各地方に伝わる民間の歌謡を集める役所の名前でした。この役所はその後廃止されましたが、この役所に集められた詩歌を「楽府」と呼ぶようになったのです。「楽府」は晋、唐の時代になっても漢の時代の歌謡に倣《なら》ってつくられました。

唐の時代の「楽府」は、漢以降に流行った歌のいわば「替え歌」と理解すればいいでしょう。そして、唐の時代には「楽府」の楽曲部分は忘れ去られて、詩の部分だけが伝承されるようになりました。こうなると、唐の時代に確立した五言絶句との区別があいまいになります。その関係で、李白のこの詩は、テキストによって「楽府」または「五言絶句」に分類されたのです。私が執筆にあたって参考にした岩波書店の『中国詩人選集　李白』では「楽府」に、『唐詩三百首』では「五言絶句」に分類されています。

しかし、こうした形式上の分類はどちらでもよく、この詩のしみじみとした深い味わいによって、この詩は李白の望郷詩の白眉として高い評価を得ています。

column 万里こぼれ話

伴食宰相（ばんしょくさいしょう）

宰相は君主の命を受けて、宮中で君主の政治を補佐する者を意味し、唐の時代は、侍中《じちゅう》（門下省長官）、中書令《ちゅうしょれい》（中書省長官）、尚書僕射《しょうしょぼくや》（尚書省副長官）など複数の宰相がおかれました。その複数の宰相のうち首席にあたるのが首席宰相つまり首相です。玄宗皇帝の御代には、姚崇《ようすう》や宋璟《そうけい》、張九齢《ちょうきゅうれい》などが宰相の職をつとめましたが、のちに、李林甫《りりんぽ》が宰相となってからは、宮中に佞臣や奸臣がはびこるようになります。宰相のなかには、盧懐慎《ろかいしん》のように、人柄は清廉であっても無能な人物もいました。当時、宰相は宮廷で揃って食事をとる習慣があったので、彼は「一緒に食事をとるだけの宰相」つまり「伴食宰相《ばんしょくさいしょう》」と呼ばれました。日本でも、大臣の地位に就きながら、能力がともなわない人物を「伴食大臣《ばんしょくだいじん》」と呼ぶことがあります。

第二章　李白　初の長安入り

孟《もう》小府《しょうふ》の助けによって病も癒えた李白は、やがて揚州をはなれて安州《あんしゅう》の首府安陸《あんりく》に向かいます。当時の安陸の雄大さは金陵と同じ、賑わいは揚州と同程度でした。

安陸には、唐の高宗の時代からの高官であった許氏《きょ》が居をかまえていました。李白はこののち許家の女《むすめ》と結婚することになりますが、祖父の許圉師《きょぎょし》は唐の高宗の宰相をつとめ、父は中宗の員外郎《いんがいろう》をつとめたので許員外《きょいんがい》とよばれていました。員外郎とは、隋の時代に始まった官職で、本来は定員外の官職だったためこの名がつきましたが、唐代には定員化され郎中《ろうちゅう》（司長）の補佐役、副官をさすようになりました。この許員外は比較的若い年齢で官を辞し、故郷の安陸で隠居生活をおくっていました。

許家にはひとり娘がいて、才色兼備で人柄もいい娘でしたが、すでに二十五歳を過ぎていたのに独身でした。友人の孟小府は李白をこの女性の婿にすることを思いつき、許員外の了解も得て、李白に話を持っていきます。しかし、李白はいちおう聞くだけ聞いておこうとの態度をとり、このときは李白の許家への婿入りの話は成就しませんでした。

◆李白が愛した孟浩然の作風

李白は、その後、安州を経て襄州《じょうしゅう》の首府襄陽《じょうよう》に向かいます。襄陽には李白がぜひ会ってみたいと望んでいた孟浩然《もうこうねん》がいます。

李白は、東晋の詩人陶淵明をこころから尊敬しており、孟浩然こそが、陶淵明の詩風の後継者と、高い評価を与えていました。孟浩然は唐の睿宗《えいそう》の光宅六年（六八九年）生まれ、襄陽の人と記録にありますから、七〇一年生まれの李白より一回り年長です。このころは襄陽の鹿門山《ろくもんざん》にこもり、詩作や読書に明け暮れていました。孟浩然はこののちにみやこの長安にのぼって、玄宗皇帝の前で詩を披露することになりますが、皇帝の機嫌を損ねみやこを離れ、ふたたび田舎暮らしを始めます。

孟浩然の詩で、もっとも有名なのは『春暁《しゅんぎょう》』と題する五言絶句でしょう。

春暁　孟浩然

春眠不覚暁
処処聞啼鳥
夜来風雨声
花落知多少

春暁《しゅんぎょう》　孟浩然

春眠《しゅんみん》　暁《あかつき》を覚《おぼ》えず
処処《しょしょ》に啼鳥《ていちょう》を聞《き》く
夜来《やらい》　風雨《ふうう》の声《こえ》
花《はな》落《お》つること知《し》んぬ多少《たしょう》ぞ

学校でも学習する詩ですから、現代語訳は不要でしょう。

起句の「春眠暁を覚えず」のくだりは、学校では「こころよい春のねむりに、夜が明けたのも気づかずうとうとしていると」との訳を教わりますが、どうして孟浩然がゆっくり朝寝を楽しめたかというと、それは彼が宮仕えをしないで、自由の身であったからです。唐の時代も現代も宮仕えは同じで、朝早くから役所に出なければならなかったはずです。やっと気候も暖かくなって、朝寝をしたいと思っても現役の官僚では、許されることではありません。こう考えると、この詩は、隠棲した孟浩然が自由に生きる喜びをうたった詩と考えることができます。ただし、こうした解釈は学校教育にはふさわしくないかも知れません。そこで春のおだやかな自然をうたった詩として解説されているのだと思われます。致し方ないことです。

ここで李白が孟浩然に贈った詩を紹介します。李白の孟浩然へのラブレターともいえる詩です。

贈孟浩然

孟浩然《もうこうねん》に贈《おく》る

吾愛孟夫子

吾《われ》は愛《あい》す　孟夫子《もうふうし》

風流《ふうりゅう》　天下《てんか》に聞《き》こゆ
紅顔《こうがん》　軒冕《けんべん》を棄《す》て
白首《はくしゅ》　松雲《しょううん》に臥《が》す
月《つき》に酔《よ》うて　頻《しきり》に聖《せい》に中《あた》り
花《はな》に迷《まよ》うて　君《きみ》に事《つか》えず
高山《こうざん》　安《いずく》んぞ仰《あお》ぐ可《べ》けんや
徒《いたずら》に此《ここ》に　清芬《せいふん》に揖《ゆう》せん

風流天下聞
紅顔棄軒冕
白首臥松雲
酔月頻中聖
迷花不事君
高山安可仰
徒此揖清芬

私は孟先生が大好きだ
その世俗を超えた高尚さは天下に聞こえている
若いころから高官になることは考えず
白髪頭になっても松や雲の間で寝ている
月をさかなに酔っぱらい　すっかり「聖（清酒）」にあたってしまったといい
花には心を動かされても　宮仕えはしようと思わない
高い山のような人で　だれも仰ぎ見ることはできない

ただここで彼のすがすがしい人柄に敬意をささげよう

「風流《ふうりゅう》」という語は、日本語としても定着していますが、現代語に訳そうと思うとなかなか難しいことばです。のちの時代の毛沢東の詞『沁園春《しんえんしゅん》　雪』のなかに「風流人物《ふうりゅうじんぶつ》を数《かぞ》えんには還《なお》今朝《こんちょう》を看《み》よ」との句があります。この「風流」は、「風流人物」＝「英雄」の意味で使われています。

李白が孟浩然に対して使った「風流」は、「世俗的なことを超越した高尚な人格」ということになります。

「軒冕《けんべん》」の「軒《けん》」は高官がのる車、「冕《べん》」は同じく高官がかぶる冠です。「聖《せい》」は清酒のことで、三国時代の魏の曹操《そうそう》は、自分も酒が好きでしたが、酒の原料の米は兵糧米になることから、兵糧米を蓄積するため禁酒令を出したことがあり、その時に人々は『清酒』を『聖』と呼び、『濁り酒』を『賢《けん》』と呼んだ」とものの本に有ります。「清芬《せいふん》」はすがすがしい香りのことです。「揖《ゆう》」はお辞儀をして敬意を表すことです。

もう一首、李白が旅立つ孟浩然を武昌の黄鶴楼で見送った際に作った有名な七言絶句があります。

黄鶴楼《こうかくろう》にて孟浩然《もうこうねん》の広陵《こうりょう》に之《ゆ》くを送《おく》る　　黄鶴楼送孟浩然之広陵

故人《こじん》　西《にし》のかた　黄鶴楼《こうかくろう》を辞《じ》し
煙花《えんか》　三月《さんがつ》　揚州《ようしゅう》に下《くだ》る
孤帆《こはん》の遠影《えんえい》　碧空《へきくう》に尽《つ》き
惟《た》だ見《み》る　長江《ちょうこう》の天際《てんさい》に流《なが》るるを

故人西辞黄鶴楼
煙花三月下揚州
孤帆遠影碧空尽
惟見長江天際流

友人が　広陵から見て西にある黄鶴楼に別れを告げ
春がすみの三月　揚州へと長江を下っていく
たった一艘の舟の白い帆の影が青い空に溶け込んで
長江が遥かな空へと続いて流れてゆくのをただじっと見つめている

「広陵」は江蘇省の揚州のことです。黄鶴楼については本書の三十一頁に紹介しています。

「故人《こじん》」は亡くなった人ではなく古くからの友人の意で、「煙花《えんか》」は春がすみ、「西辞《せいじ》」は西から離れていくことを示します。黄鶴楼のある武昌は行く先の広陵から見て西にあるので、この表現になります。この詩を読んでいると、長江の際《きわ》に建つ黄鶴楼、そして長江の流れに白い帆を掛けて東へ去る一艘の舟と、その場の光景が目に浮かんできます。まるで映画のラストシーンのような詩をうたう李白は、叙景詩についても類いまれな才能を持っています。

◆李白二十七歳、許家の女《むすめ》と最初の結婚

李白と孟浩然は襄陽で年の離れた兄弟のような付き合いをします。そんな付き合いの中で、李白は気がかりだった許家への婿入りの話をもらします。

「まだまだやらなければならないこともあるし、気乗りしないのだけれども……」

自由人の孟浩然に相談すれば、「婿入りなんて止めておけ」との答えが返ってくることを期待していたのかも知れません。しかし、思いがけなく孟浩然は、「それはいい話だ」と乗り気になります。

孟浩然は安州における許一族の名声を聞き及んでいただけでなく、現在の当主の許員外の温厚で学問好きなひととなりもよく知っていて、その許家の婿になることは李白が経済的に安定するだけでなく、みやこに出て名を挙げるのに役立つはずだ、と李白の決断を促します。本人同士が一度も会わずに結婚を決めるのは現代では考えられないことですが、私の父母の時代の日本でも、写真一枚で結婚を決めた夫婦はいくらもいました。一〇〇〇年以上前の中国ではあたり前のことです。

開元十五年（七二七年）二十七歳の李白は、許《きょ》家の女《むすめ》と結婚して許家に婿入りします。李白の妻となった許家の女《むすめ》はひとりっ子と書きましたが、許家には当主の許員外の兄の子、許大郎《きょたいろう》がいました。彼は、許員外には男の子がいないから、許家の財産はとうぜんすべて自分のものとなると目論んでいたはずです。それが突然、李白が婿入りしてきたのですからおもしろいはずがありません。

李白は、「石の上にも三年」と許大郎の嫌がらせにも耐えることにしましたが、ついに安陸《あんりく》にある許家の本宅を出て、騎馬で半日の北寿山《ほくじゅさん》へ転居することにします。この居宅は、許員外の父の許圉師《きょぎょし》の読書堂があり、自然にめぐまれた土地で、李白もこの地がすっかり気に入ったようです。

李白が、まだ安陸《あんりく》の許家にいたころか、北寿山に移り住んでからのことか、はっきりしませんが、開元十七年（七二九年）、玄宗皇帝は四十五歳の誕生日を迎えるにあたってみやこの長安で盛大な誕生祝いの宴会を開くだけでなく、諸州、各県に対して、八月五日を「千秋節《せんしゅうせつ》」として、三日間の大宴会を開くよう要請しました。

玄宗皇帝は、こののち天宝七載（七四八年）、老子の「天長地久」の言葉から、自身の誕生日を「天長節」としています。日本でも戦前は天皇誕生日を「天長節《てんちょうせつ》」、皇后の誕生日を「地久節《ちきゅうせつ》」と呼んでいました。

安州では、都督府の裴長史《はいちょうし》（長史は長官の意）が主催する宴会の案内が李白のもとに届きます。李白は喜び勇んで、伝家の宝剣、龍泉剣《りゅうせんけん》を持って宴会に参加し、裴長史の前で剣舞を披露します。

少年時代から剣術の修行にはげんできた李白の剣舞は、迫力にみちたものだったと思われます。裴長史に深い印象をあたえた李白はすかさず、自作の詩をおくります。自分は武術だけでなく詩文の才能もあるということを、裴長史にアピールしたかったのでしょう。果たして、李白の詩を読んだ裴長史は、彼こそ玄宗皇帝が求めていた地方に埋もれた才人だと考え、さっそく玄宗皇帝に推薦文を書く準備に入ります。

ところが間の悪いことに、李白はここで酒の上の失敗をします。ある夜、城内でしこたま酒を飲み、酔いが醒めて城門にたどりついたときはすでに城門は閉じられていました。普通なら、夜が明けて城門が開くまで城内で宿泊するところですが、李白は安陸では有名人です。しかも、安陸の名家である許家の婿殿《むこどの》です。城門の番人は、李白とわかると禁を犯して城門を開け、李白を城外に退出させたのです。このとき城門を開ける大きな音が城の内外に響き渡り、その音が裴長史の耳にも届きます。翌日になり、役人に昨夜の開門の事情を尋ねると、李白を通したことがわかります。このとの顛末を知った裴長史は、ただちに李白を皇帝に推挙することを取りやめます。李白にとっては大きなチャンスを逃してしまいました。

李白は、こののち裴長史を失望させたことを深く愧《は》じ、『安州《あんしゅう》の裴長史《はいちょうし》に上《たてまつ》る書《しょ》』を書いています。その書き出しの文は次の通りです。

安州《あんしゅう》の裴長史《はいちょうし》に上《たてまつ》る書《しょ》　　上安州裴長史書

白《はく》聞《き》く　天《てん》は言《い》わざれども四時《しじ》行《おこな》われ　地《ち》語《かたら》ざれども百物生《ひゃくぶつしょう》ず　白《はく》は人《ひと》なり
天地《てんち》に非《あら》ず　安《いづ》くんぞ言《い》わずして知《し》らるるを得《え》んや　敢《あ》えて心《こころ》を剖《ひら》き肝《きも》を析《さ》きて
挙身《きょしん》の事《こと》を論《ろん》じ　便《すなわ》ち当《まさ》に談笑《だんしょう》して以《もっ》て其《そ》の心《こころ》を明《あき》らかにし　而《しか》して其《そ》の大綱《たいこう》を
粗陳《そちん》し　憤懣《ふんまん》を一快《いっかい》すべし　惟《こ》れ君侯察《くんこうさっ》せられよ

白聞　天不言而四時行　地不語而百物生　白人焉　非天地也　安得不言而知乎
敢剖心析肝　論挙身之事　便当談笑以明其心　而粗陳其大綱　一快憤懣
惟君侯察焉

天は物を言わなくても春夏秋冬と季節はめぐります　地は語らなくても百物が生じます　しかし私は天地ではありませんから　黙っていてはわかってもらえません　敢えて思い切って　これまでの身の上のことなどを話して　私の思っていることを述べて　心のわだかまりを一掃しようと考えたのです　どうかこ

の思いをご理解いただきたいのです

この手紙は、全文千百字余りからなる、かなりの長文ですから、ここでは全てを紹介することは叶いません。紹介した書き出しの文に続いて、李白は自分の生い立ちを述べ、これまで諸国を漫遊して出あった友人や、知己を得た地方の有力者について綴っています。

前述した呉指南《ごしなん》との交流では、彼の死後、その遺骸を懇《ねんご》ろに弔ったことを書きしるし、自分が友人を大切にし、信義を重んじる人物であることをアピールしています。

また前《さき》の礼部尚書蘇頲《れいぶしょうしょそてい》が、周囲の人に「李白は大人物になる」と語っていたことや、安州郡の督郵《とくゆう》であった馬正会《ばせいかい》が、自分の詩の才能を高く評価してくれたことなども書いています。

『安州《あんしゅう》の裴長史《はいちょうし》に上《たてまつ》る書《しょ》』は裴長史にあてたお詫びの手紙というより、自分を売り込む就職依頼の手紙と考えたほうがいいでしょう。

こうして自分の生い立ちや業績を何のてらいもなく、やや大げさに書いた李白は手紙の最後に、戦国時代の孟嘗君《もうしょうくん》と斉国の馮諼《ふうけん》の「長鋏《ちょうきょう》よ帰らんか」の故事をひき、裴長史に認められなければ、自分は、ふたたび諸国漫遊の旅に出る決意であると書いています。

果たして、この手紙の効果はなく、裴長史からの返書は届きませんでした。やむなく李白は、失意のなか安州を離れ、ふたたび諸国漫遊の旅に出ます。

◆李白の長安入りは三回

私が本書を執筆するに際して参考にした『中国詩人選集七、八　李白　上・下』（岩波書店一九五七、一九五八年刊）の著者武部利男氏の解説の中で、「李白の伝記は不明な点が多い」、「現在見られる李白の詩集は、詩の内容によって分類されていて、編年体のものがないので、年代を追ってその足跡をたどり、その心境の変化をたどることがむずかしいのである」と書かれています。また武部氏の同じ解説に、「清の時代には、王琦《おうき》（字は琢崖《たくがい》）が、李白に関する詩文や記事をあつめ、年譜もつくり」とあり、同書巻末の「李白年譜」も、王琦の説に基づいて作成されています。

私は、この年譜を参考にし、その後の中国の李白の伝記に関する新しい書籍を調べようと考え、出会ったのが、安旗《あんき》著『李白伝』（二〇一九年、人民文学出版社刊）と李長之《りちょうし》著『李白伝』（二〇一九年、長江文芸出版社刊）の二冊です。

李長之氏は、中国の高名な文学評論家・文学史家で、一九三〇年代に魯迅批判の文章を書いて一躍脚光を浴び、一九六〇年代の文化大革命では反動的学術権威として批判、迫害を受けています。

その後、一九七九年に名誉回復しましたが、その前年に亡くなっています。安旗氏は一九二五年生まれ、満州族の女性文学史家ですが、その著書『李白伝』の第三版が出版された二〇一九年にこの世を去っています。両氏の著作のうち、私は特に安旗氏の著作に大きな助けを得ています。私のこれまでの李白の人生をたどる記述は、安旗氏の丹念で実証的な研究を参考に書きすすめていることをお断りしておきます。もちろん、記述の中には、彼女自身が書いているように「文学的な虚構」の部分もあります。しかし、こうした文学的虚構つまり「仮説」も李白の詩を理解する一助となると思い、参考にして筆を進めています。

李白の人生のクライマックスは、いうまでもなく玄宗皇帝に召されて長安に上り、宮廷詩人として活躍する時期です。これまで、李白の長安行きは天宝元年（七四二年）、皇帝のお召に因るものの一回とするのが一般的でしたが、一九七〇年代の中国の研究者の間では、開元十八年（七三〇年）に一度、そして天宝元年（七四二年）の入京と二度にわたる説が有力になり、さらに一九八〇年代の研究により、これまでの二次にわたる長安入りに加えて天宝十二載（七五三年、天宝年間は天宝三年以降「年」の替わりに「載」の文字を使います。その理由は第四章で書きます）の入京の事実が浮かびあがっています。私は、そのことを安旗氏の『李白伝』第三版の「新版前言」（一九九三年春）で知り、以下の記述は彼女の説によっています。

◆李白、初の長安入り

開元十八年（七三〇年）春に安州を離れた李白は、その年の盛夏に長安につきます。安州から長安は、陸路で、襄樊《じょうはん》、南陽《なんよう》を通って北上します。当時の長安はまさに「はなのみやこ」の表現がふさわしい世界最大の都市でした。古代中国の都市は四方を城壁で囲まれていますが、長安の城壁の長さは東西が九・七キロ、南北が八・六キロ、周囲の長さ三六・七キロもありました。城内の中央北部には「宮城」と「皇城」が配置され、「宮城」は皇帝の居所と執務の宮殿があり、主な宮殿としては太極宮、大明宮、興慶宮があり、玄宗皇帝は主に興慶宮で執務しました。「皇城」は朝廷の各種行政機関の所在地で、宮城と皇城をむすぶ門が承天門で、皇城の南の門（正門）は朱雀門です。

長安のみやこは条坊制とよばれる都市計画にのっとって、それぞれの構造物が配置されています。朱雀門からはじまる大通り（条）を中心に、東西十四条、南北十一条の大通りが碁盤の目のように組み合わされています。大通りの幅は最大で一〇〇メートルもあったそうですから、李白も含めて初めて長安を訪れた人は度肝を抜かれたことでしょう。

当時の長安の人口は約百万人といわれ、庶民は里坊と呼ばれる土壁に仕切られた区域に居住していました。里坊は百八あり、里ごとに門が設けられ、太鼓の音で朝開門し、夜には閉門していました。特に、唐の初期は防衛、治安上の必要からこの規制は厳格で、庶民の経済活動は長安の東西に設けられた市で、昼間の取引に限定されていました。しかし、この規制も経済活動が活発になると、次第に緩和され、李白が長安を訪ねた盛唐のころは、街道の両側に商店がならび、人々の往来も盛んになっていました。また東西の市場の営業時間も徐々に長くなり、中唐の時代には、「夜市」も開かれ、長安のみやこは不夜城の様相を呈していました。

国際都市長安は、多くの外国人が居住し、商業、布教、留学などの目的で活動していました。特に「胡商《こしょう》」と呼ばれた外国人の商人は、ペルシャ人が多く、宝石類の売買や、高利貸しによって巨額の富を得ていました。李白の父が、シルクロードの交易で稼いだ商人であったと書きましたが、かつて「胡商」として長安に住んでいたかも知れません。

宗教については仏教が隆盛をきわめ、市内の東南部の晋昌坊にあった慈恩寺《じおんじ》（大雁塔《だいがんとう》）や中央部の安仁坊の薦福寺《せんふくじ》（小雁塔《しょうがんとう》）などが有名です。さらにキリスト教（景教）は義寧坊に大秦寺《だいしんじ》があり、ゾロアスター教（祆教《けんきょう》）やマニ（摩尼《まに》）教の寺院も市内に設けられていました。実は唐の時代は仏教とならんで道教も大いに広まり、特に唐朝の宗室李氏は老子（李聃《りたん》）の流れを汲んでいるとの説があり、道教は皇室において公認の宗教であったことから、長安市内に道教の寺院も多くみられました。

◆仕官の見通し立たずに遊興にはしる

李白の長安訪問は、仕官が最大の目的であったことはいうまでもありません。そのため、安陸を出るに際して岳父がしたためた許輔乾《きょほかん》宛ての手紙を持参していました。許輔乾は長安で光禄卿《こうろくきょう》に任じられていました。光禄卿は皇帝の食膳管理を専門に行う役所の責任者です。許輔乾は皇帝の誕生祝いの宴会の準備で忙しくしていましたが、親戚となった李白のために右相《うそう》（右丞相《うじょうしょう》、右大臣のこと）の張説《ちょうせつ》を紹介します。ただこのとき張説は病の床に伏していたため、息子の張垍《ちょうき》に李白の面倒をみるように命じます。たしかに、張垍は父親のいいつけを守って李白の就職にあちこち駆け回りますが、思うような成果が得られません。李白自身も玄宗皇帝の妹の玉真公主《ぎょくしんこうしゅ》が南山の別荘に来るからといわれ、南山で何日も公主を待つなどの努力を重ねましたが、一向に明るい見通しはたちません。郭沫若の『李白と杜甫』によれば、張垍はこののち、玄宗皇帝の娘婿となり、皇帝の側に仕えることになりますが、玄宗皇帝によってみやこに招かれた李白を誹謗中傷して、長安から追い払う役割を果たしたことになっています。

また、長安には青い目をした胡姫《こき》がサービスをする酒肆《しゅし》も数多く、巷には遊侠の徒も多くたむろしていました。そんな長安の様子をうたったのが次の詩です

少年行《しょうねんこう》

五陵《ごりょう》の年少《ねんしょう》　金市《きんし》の東《ひがし》
銀鞍白馬《ぎんあんはくば》　春風《しゅんぷう》を度《わた》る
落花《らっか》踏《ふ》み尽《つ》くして　何処《いずこ》にか遊《あそ》ぶ
笑《わら》って入《はい》る　胡姫《こき》の酒肆《しゅし》の中《なか》に

少年行

五陵年少金市東
銀鞍白馬度春風
落花踏尽遊何処
笑入胡姫酒肆中

五陵のいなせな若者たちが　金市の東の盛り場で
銀の鞍の白馬に乗って　春風の中を意気揚々と行く
落花を踏み散らして　どこに遊びに行くのだろうか
楽しそうに笑いながら　西域の美女のいる酒場に入っていく

「五陵《ごりょう》」は長安の北に位置し、漢代の五人の皇帝の陵がある場所で、周辺に遊侠の徒が多く住んでいました。「金市《きんし》」は長安の西の市場、外国人が多く西域の珍しい商品を売る商店も並んでいました。はなのみやこ長安に足を踏み入れた李白の興奮が伝わってくる詩です。

長安での就職活動が上手くいかないことに嫌気がさしたからでしょうか、李白は西域の美女がサービスする店に入り浸り、遊侠の徒とも交わりをもちました。そんななかで、酒の勢いで喧嘩をして、危うく御史台《ぎょうしだい》の糾察隊《きゅうざつたい》に捕縛されそうになり、ほうほうのていで逃げ延びたこともありました。この事件をきっかけに、李白は長安を去る決意を固めます。

◆失意のなかから名詩が生まれる

長安に行けば自分の才能を認めてもらえるのではないだろうか、そんな甘い期待が見事に裏切られた李白の気持ちにぴったりだったのが南朝「宋」の鮑照《ほうしょう》の詩『擬行路難《ぎこうろなん》』でした。鮑照は、李白のおよそ三百年前の詩人で、漢の時代の楽府『行路難』に題を採り、人の世を生きることの難しさをうたった詩です。李白は、この詩に触発され、自身が故郷の蜀をでて、みやこに上がって就職活動をおこなうものの、これまでの努力が報われない状況を鮑照にならって『行路難』と題する詩（楽府《がふ》）を三首作っています。そのうちの一首と、古くから伝わる楽府『蜀道難《しょくどうなん》』に擬して作詩した『蜀道難』を紹介します。

行路難《こうろなん》　其《そ》の一

金樽《きんそん》　清酒《せいしゅ》　斗《と》　十千《じゅっせん》
玉盤《ぎょくばん》　珍羞《ちんしゅう》　直《あたい》　万銭《ばんせん》
杯《さかずき》を停《とど》め筋《はし》を投《な》げ　食《くら》う能《あた》わず
剣《けん》を抜《ぬ》き四顧《しこ》し　心茫然《こころぼうぜん》
黄河《こうが》を渡《わた》らんと欲《ほっ》すれば　氷《こおり》　川《かわ》を塞《ふさ》ぎ
将《まさ》に太行《たいこう》に登《のぼ》らんとすれば　雪《ゆき》は天《てん》を暗《くら》くす
閑来《かんらい》　釣《つ》りを垂《た》れん　碧渓《へきけい》の上《ほとり》
忽《たちま》ち復《ま》た　舟《ふね》に乗《じょう》じて日辺《じっぺん》を夢《ゆめ》みん
行路難《こうろなん》　行路難《こうろなん》
岐路《きろ》多《おお》し　今《いま》　安《いず》くにか在《あ》る
長風《ちょうふう》　浪《なみ》を破《やぶ》るに　会《かなら》ず時《とき》有《あ》り
直《ただ》ちに雲帆《うんぱん》を挂《か》け　滄海《そうかい》を済《わた》らん

行路難　其一

金樽清酒斗十千
玉盤珍羞直万銭
停杯投筋不能食
抜剣四顧心茫然
欲渡黄河氷塞川
将登太行雪暗天
閑来垂釣碧渓上
忽復乗舟夢日辺
行路難　行路難
多岐路　今安在
長風破浪会有時
直挂雲帆済滄海

黄金の樽に入った清酒は一斗　一万銭もする
玉の皿に盛った珍味もとても高価だ
だが杯を停め　筋を投げ捨て　食べる気はしない
剣を抜いて　辺りを見渡せば　心は茫然とする
黄河を渡ろうとするが　氷が川を塞いでしまう
太行山に登ろうとするが　雪が道を閉ざしてしまう
のんびりと渓流で釣り糸を垂れるが
すぐまた船に乗って　長安で皇帝の側で働く夢を見る
行く手は険しい　行く手は険しい
分かれ道が多く　どの道を行けばいいかわからない
風を受け荒波を超えて　世に出るときは必ず来る
そのときは帆をかけて　大海原を渡っていく

せっかくみやこの長安を訪れながら、仕官への道は閉ざされ、暗澹たる前途に悲観的な心境が詩の全体に正直に表れています。ただし、李白らしいのは、最後に、「長風《ちょうふう》　浪《なみ》を破《やぶ》るに　会《かなら》ず時《とき》有《あ》り」

と楽観的な見方を忘れないところです。なお、テキストによっては、第六句が「雪《ゆき》　山《やま》に満《み》つ」（雪満山）、第七句が「渓上《けいじょう》に座《ざ》し」（座渓上）となっているものもあります。

蜀道難《しょくどうなん》

噫《あ》吁嚱《あ》　危《あや》うい乎《かな》　高《たか》い哉《かな》
蜀道《しょくどう》の難《かた》きは青天《せいてん》に上《のぼ》るより難《かた》き
蚕叢《さんそう》と魚鳧《ぎょふ》と
開国《かいこく》　何《なん》ぞ茫然《ぼうぜん》たる
爾来《じらい》　四万八千歳《しまんはっせんさい》
秦塞《しんさい》と人煙《じんえん》を通《つう》ぜず
西《にし》のかた太白《たいはく》に当《あた》りて鳥道《ちょうどう》有《あ》り
以《もっ》て峨眉《がび》の巓《いただき》を横絶《おうぜつ》す可《べ》し
地崩《ちくず》れ山摧《やまくだ》けて　壮士《そうし》死《し》す
然《しか》る後《のち》　天梯《てんてい》　石桟《せきさん》　相鉤連《あいこうれん》す

蜀道難

噫吁嚱危乎高哉
蜀道之難難於上青天
蚕叢及魚鳧
開国何茫然
爾来四万八千歳
不与秦塞通人煙
西当太白有鳥道
可以横絶峨眉巓
地崩山摧壮士死
然後天梯石桟相鉤連

上《うえ》には六竜回日《りくりゅうかいじつ》の高標《こうひょう》有《あ》り
下《した》には衝波逆折《しょうはげきせつ》の回川《かいせん》有《あ》り
黄鶴《こうかく》の飛《と》ぶも尚《な》お過《す》ぐるを得《え》ず
猿猱《えんどう》の度《わた》らんと欲《ほっ》して攀援《はんえん》を愁《うれ》う

青泥《せいでい》　何《なん》ぞ盤盤《はんはん》たる
百歩九折《ひゃっぽきゅうせつ》　巌巒《がんらん》を縈《めぐ》る
参《しん》を捫《もん》し井《せい》を歴《へ》て　仰《あお》いで脅息《きょうそく》し
手《て》を以《もっ》て膺《むね》を撫《ぶ》し　坐《ざ》して長嘆《ちょうたん》す
君《きみ》に問《と》う　西遊《せいゆう》して何《いず》れの時《とき》か還《かえ》ると
畏途《いと》の巉巌《ざんがん》攀《よ》ず可《べ》からず
但《ただ》見《み》る　飛鳥《ひちょう》の古木《こぼく》に号《さけ》び
雄《おす》は飛《と》び雌《めす》は従《したが》って　林間《りんかん》を繞《めぐ》るを
又《また》聞《き》く　子規《しき》の夜月《やげつ》に啼《な》いて空山《くうざん》に愁《うれ》うるを

上有六竜回日之高標
下有衝波逆折回川
黄鶴之飛尚不得過
猿猱欲度愁攀援

青泥何盤盤
百歩九折縈巌巒
捫参歴井仰脅息
以手撫膺坐長嘆
問君西遊何時還
畏途巉巌不可攀
但見飛鳥号古木
雄飛雌従繞林間
又聞子規啼夜月愁空山

蜀道《しょくどう》の難《かた》きは青天《せいてん》に上《のぼ》るより難《かた》し
人《ひと》をして此《こ》れを聴《き》きて　朱顔《しゅがん》を凋《しぼ》ましむ
連峰《れんほう》　天《てん》を去《さ》ること尺《しゃく》に盈《み》たず
枯松《こしょう》　倒《さか》しまに挂《か》って絶壁《ぜっぺき》に倚《よ》る
飛湍瀑流《ひたんばくりゅう》　争《あらそ》うて喧豗《けんかい》
崖《がけ》を砯《う》ち石《いし》を転《まろ》ばして　万壑雷《ばんがくとどろ》く
其《そ》の険《けん》なるや此《かく》の若《ごと》し
嗟《ああ》　爾《なんじ》　遠道《えんどう》の人《ひと》胡《なん》為《す》れぞ来《きた》れる哉《や》
剣閣《けんかく》　崢嶸《そうこう》として崔嵬《さいかい》
一夫関《いっぷかん》に当《あた》れば
万夫《ばんぷ》も開《ひら》く莫《な》し
守《まも》る所《ところ》　或《ある》いは親《しん》に匪《あら》ずんば
化《か》して為《な》らん　狼《ろう》と豺《さい》とに
朝《あした》に猛虎《もうこ》を避《さ》け
夕《ゆうべ》に長蛇《ちょうだ》を避《さ》く

蜀道之難難於上青天
使人聴此凋朱顔
連峰去天不盈尺
枯松倒挂倚絶壁
飛湍瀑流争喧豗
砯崖転石万壑雷
其険也若此
嗟爾遠道之人胡為乎来哉
剣閣崢嶸而崔嵬
一夫当関
万夫莫開
所守或匪親
化為狼与豺
朝避猛虎
夕避長蛇

牙《きば》を磨《と》ぎ血《ち》を吮《す》い
人《ひと》を殺《ころ》すこと麻《あさ》の如《ごと》し
錦城《きんじょう》は楽《たの》しと云《い》うと雖《いえど》も
早《はや》く家《いえ》に還《かえ》るに如《し》かず

磨牙吮血
殺人如麻
錦城雖云楽
不如早還家

蜀道《しょくどう》の難《かた》きは青天《せいてん》に上《のぼ》るより難《かた》し
身《み》を側《そば》だてて西望《せいぼう》し　長《とこ》しえに咨嗟《しさ》す

蜀道之難難於上青天
側身西望長咨嗟

ああ　恐ろしいほどの高さである
蜀への道の険しさは　天に上るより難儀なことだ
伝説では蚕叢《さんそう》と魚鳧《ぎょふ》が
蜀の国を開いたが　何と遠い昔のことであろうか
それから四万八千年がたち
となりの秦の国とは人の交流は断たれていた
西方のいつも雪をかぶった太白山はわずかに鳥の通う道があるだけだ

ゆえに鳥だけが蜀の峨眉山の頂に達することができる
美女が秦よりおくられ迎えに行った五人の力持ちが途中で山崩れを起こした
そののち　天まで届く梯子《はしご》や　石の桟道《さんどう》が険しい崖にかかるように連なっている
上を見れば　六匹の竜が引く車さえ衝突する高い峰がそびえ
下を見れば　喧嘩しているような波が渦巻く谷川がある
伝説の黄色の鶴も　高い峰を飛び越えることはできない
木登りの上手な猿でさえも　崖をよじ登ることは容易でない

蜀への入り口の青泥の嶺は曲がりくねっている
百歩の道も九たび曲がり険しい崖にへばりついている
参宿七星《さんしゅくしちせい》を手に取って　井宿八星《せいしゅくはちせい》の周りを廻って　天を仰いで苦しい息をする
手で胸をなでおろし　座り込んで長い溜息をつく
君に問いたい　こんな思いをして蜀へ向かって　いつ帰ってくるつもりか
蜀への恐ろしい道には高く険しい岩がそびえ　よじ登ることもできない
ただ　大きな木にとまった鳥が悲しい声で鳴き

雄は先導し雌が付き従って　林の間を飛び交っている姿を見るだけだ
ホトトギスが夜の月に向かって啼き　寂しい山の愁いを増している

蜀への道の険しさは　天に上るより難儀なことだ
この話を聞けば　血色のいい若者の顔にしわが生じるだろう
連なる峰はあと一尺もあれば天に届いてしまう
枯れた松の老木が逆さになって崖にしがみついている
飛ぶような川の流れ　直下する滝の流れ　二つが交じり合い騒がしい
水が崖をうち　石を転がし　谷間に雷の声が鳴り響く
その険しさは　このようである
ああ　遠くからの旅人よ　あなたは何のためにここへ来たのか
剣閣の関は　まさに天下の険である
たった一人の猛者がこの関の守りに当れば
一万人の兵が攻めてきても　破られることはない
この関を守るものは王の親しいものでなければ

謀反心を抱いて　狼や豺のようにならないともかぎらない
朝には猛虎を避け
夕べには長蛇をさけるように慎重に進むことが大切だ
この先　牙を研ぎ　人の血をすすり
人を殺すことを何とも思わない輩がいる
蜀のみやこは楽しいところだと人はいうが
早く家に帰ったほうがいい

蜀への道の険しさは　天に上るより難儀なことだ
背筋を伸ばして西に蜀を望みながら　長く大きなため息をつく

「蚕叢《さんそう》・魚鳧《ぎょふ》」は共に伝説の蜀の王。「地崩《ちくず》れ山摧《やまくだ》けて　壮士死《そうしし》す」も蜀王に関する伝説です。色好みの蜀王に美女を送って骨抜きにしようと考えた秦の恵王が、五人の美女を蜀に送り、蜀王は五人の力士を迎えのために派遣しました。途中で蛇が出てきたので、力士は穴に隠れた蛇を引っ張ったところ、大きな岩山が崩れて、美女も力士も生き埋めになって死んだという話が伝わっています。

「六竜回日《りくりゅうかいじつ》」は、これも神話で、太陽は六匹の竜が引く車に乗って大空を東から西に移動しますが、蜀の険しい山並みに遭って引き返したという物語があります。

「参《しん》・井《せい》」は参宿七星、井宿八星といって、参宿七星はオリオン座のこと、井宿八星はふたご座にあたります。

「剣閣《けんかく》」は剣門関とも呼ばれ、蜀の山道の中でも最大の難所です。「崢嶸《そうこう》」は険しい山が乱れ立つさま、「崔嵬《さいかい》」も同じ意味です。

◆『蜀道難』創作の謎

この詩（楽府）の制作年や詩のもつ寓意については、諸説あることを最初に断っておきます。制作年について一般に広まっている説は、安禄山の乱がおき、玄宗皇帝が蜀へ逃れようとしたとき、玄宗皇帝の蜀への逃避行に反対していた李白は、この詩をつくって、蜀への道は険しいし、そこに住む人々も難しい人々ですと説いていたとの見解です。たしかに内容的には、この説がぴったりくるかも知れませんが、一番の問題点は、玄宗皇帝が安禄山の乱に追われ、蜀へ向かったのは天宝十五載（七五六年）で、その数年前に編纂された『河嶽英霊集《かがくえいれいしゅう》』にこの詩（楽府）が掲載されていたことと矛盾します。

私は、この詩は開元十九年（七三一年）李白が最初に長安を訪れ、就職に失敗し失意の日々を送っていたころの作品であるとの、清の黄錫珪《おうしゃくけい》の説を支持しています。

李白自身の身は長安にあって、故郷の蜀をはるかに望んでいることは、最後の句「身《み》を側《そば》だてて西望《せいぼう》し　長《とこし》えに咨嗟《しさ》す」の表現からも明らかです。

私がこの詩（楽府）を読んだ最初の正直な感想は、「蜀は李白の故郷なのに、蜀の人びとのことをずいぶん悪く書いているな」というものでした。李白は詩の最後の数句で「牙《きば》を磨《と》ぎ血《ち》を吮《す》い　人《ひと》を殺《ころ》すこと麻《あさ》の如《ごと》し　錦城《きんじょう》は楽《たの》しと云《い》うと雖《いえど》も　早《はや》く家《いえ》に還《かえ》るに如《し》かず」などと表現しています。

これまで、紹介してきたように、李白の青年時代の諸国の放浪の旅のなかでも忘れることがなかったのが、故郷である蜀の山河でした。ところが、この詩では蜀のみやこ錦城（成都）の住人に対して厳しい意見を述べています。何故でしょうか。一説には、蜀で権勢をふるっていた節度使の章仇兼瓊《しょうきゅうけんけい》に対する批判が込められているからだとする見解があります。しかし、章仇が蜀を管轄する剣南道の節度使になったのは開元二十八年（七四〇年）のことで、李白がこの詩（楽府）をつくったとされる時代と合致しません。

前頁で李白が初めて成都（錦城）を訪ねたのは開元八年（七二〇年）、李白二十歳のときのことで、李白は、この地でも蘇頲《そてい》などの高官にたよって就職活動を行いましたが、果たせず、錦城で出会った人々に悪印象を持っていたからかも知れません。いずれにしても李白が愛したのは故郷蜀の自然で、人間には不信感を抱いていたのでしょう。

李白は、故郷にいるはずの父母兄弟について他の詩の中でもほとんど触れていません。その理由はわかりませんが、二十二—二十三頁に紹介した『峨眉山月の歌』でも、懐かしく思い出しているのは、故郷の自然、そして月です。

◆文部省唱歌に影響を与えた『蜀道難』

この詩（楽府）で有名な句は「蜀道《しょくどう》の難《かた》きは青天《せいてん》に上《のぼ》るより難《かた》し」で、詩中に三度同じ表現が繰り返されます。この句と並んでもうひとつ有名な句は、後半の「一夫関《いっぷかん》に当《あた》れば　万夫《ばんぷ》も開《ひら》く莫《な》し」でしょう。この句は中国の成語詞典などにも登場するくらい良く知られた表現となっています。

そして、実はこの句は日本の文部省唱歌の歌詞の一部として私も子どものころ歌った覚えがあります。「箱根の山は天下の険」ではじまる『箱根八里』の一番の歌詞に「一夫関に当るや　万夫も開くなし」とうたわれているのです。作曲は滝廉太郎《たきれんたろう》、作詞は鳥居忱《とりいまこと》で、鳥居忱は当然、李白のこの

『蜀道難』の詩を知っていて、『箱根八里』の歌詞に引いたのです。

私が通った東京の小学校は、卒業旅行にバスで箱根に行き、バスの中でそろって『箱根八里』を合唱するのがお決まりのコースでした。当時の私も、大声を出してこの歌を合唱しましたが、歌詞が「一夫関に当るや」とは思わず、「一分間、一分間」とうたっていました。お恥ずかしい次第ですが、学校の先生から李白のこの詩（楽府）の内容を教わった覚えがないので、致し方なかったと自己弁護しています。

なお、詩（楽府）の歌いだしの「噫《あ》吁嚱《あ》」は、蜀の方言に文字を充てたものだとする説があることを紹介しておきます。

第三章……………………李白　諸国漫遊の旅

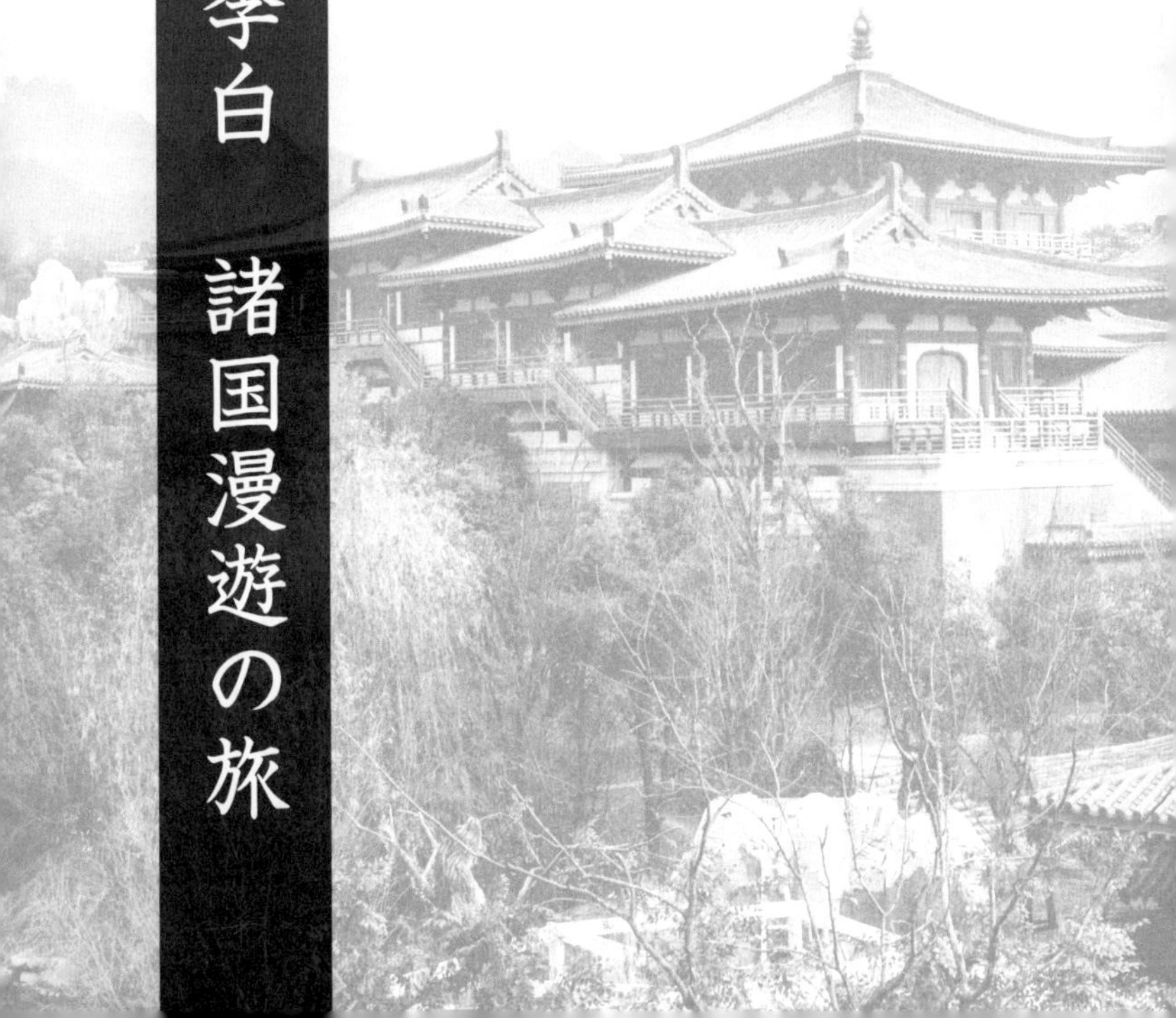

長安を出た李白は黄河に舟を浮かべて、河南道の梁《りょう》、宋《そう》の古跡を訪ねました。その後の目的地は洛陽ですが、その前に竜門《りゅうもん》の石窟《せっくつ》を訪問することにしました。竜門の石窟は、北魏の孝文帝が平城から洛陽に遷都したさい、洛陽から南に十三キロの竜門に注目し、ここに仏教寺院を建立し、大規模な石窟を開くことにしました。

竜門の石窟は、北魏が滅びたのち隋、唐の時代になっても仏像の建立がすすみ、特に唐の高宗は竜門の奉先寺《ほうせんじ》の石窟を拡大することに力をいれました。奉先寺石窟の本尊である盧舎那仏《るしゃなぶつ》は高宗の后の武則天《ぶそくてん》を写したものであるとの説があります。たしかに、武則天は奉先寺に対して多額の寄進をしていますが、大仏建立の時期に合わず、単なる噂であることが明らかです。

◆軍師になりたかった思いをうたった『梁甫吟』

この奉先寺で李白は『梁甫《りょうほ》の吟《ぎん》』をつくります。この詩（楽府）もさきほどの『行路難』、『蜀道難』と並んで有名な作品ですが、全体で四十句以上ある長い詩ですので、二つの段落に分けて紹介します。

梁甫《りょうほ》の吟《ぎん》

長嘯《ちょうしょう》す梁甫吟《りょうほぎん》
何《いず》れの時《とき》か陽春《ようしゅん》を見《み》ん
君見《きみみ》ずや　朝歌《ちょうか》の屠叟《とそう》　棘津《きょくしん》を辞《じ》し
八十《はちじゅう》にして西《にし》に来《き》たって　渭浜《いひん》に釣《つ》りす
寧《な》んぞ羞《は》じんや　白髪《はくはつ》の清水《せいすい》を照《て》らすを
時《とき》に逢《あ》い気《き》を壮《さかん》にして　経綸《けいりん》を思《おも》う
広《ひろ》く張《は》る三千六百鈎《さんぜんろっぴゃくこう》
風期《ふうき》　暗《あん》に文王《ぶんのう》と親《した》しむ
大賢《たいけん》は虎変《こへん》して　愚《ぐ》は測《はか》らず
当年頗《とうねんすこぶ》る似《に》たり　尋常《じんじょう》の人《ひと》に
君見《きみみ》ずや　高陽《こうよう》の酒徒《しゅと》　草中《そうちゅう》に起《お》こり
山東《さんとう》の隆準公《りゅうせつこう》に長揖《ちょうゆう》せるを
門《もん》に入《い》りて拝《はい》せず　雄弁《ゆうべん》を騁《は》すれば

梁甫吟

長嘯梁甫吟
何時見陽春
君不見朝歌屠叟辞棘津
八十西来釣渭浜
寧羞白髪照清水
逢時壮気思経綸
広張三千六百鈎
風期暗与文王親
大賢虎変愚不測
当年頗似尋常人
君不見高陽酒徒起草中
長揖山東隆準公
入門不拝騁雄弁

両女洗《りょうじょあら》うことを輟《や》めて　来《き》たって風《かぜ》に趨《はし》る
東《ひがし》のかた斉城七十二《せいじょうななじゅうに》を下《くだ》す
楚漢《そかん》を指揮《しき》して　旋蓬《せんほう》の如《ごと》し
狂客落魄《きょうかくらくはく》するも尚《な》お此《かく》の如《ごと》し
何《なん》ぞ況《いわん》や壮士《そうし》の群雄《ぐんゆう》に当《あ》たるを

両女輟洗来趨風
東下斉城七十二
指揮楚漢如旋蓬
狂客落魄尚如此
何況壮士当群雄

天に向かって澄んだ声で梁甫の吟をうたおう
いったい何時《いつ》になったら穏やかな春の日をむかえることができるのだろうか
君は知っているだろうか　朝歌《ちょうか》の屠殺を生業《なりわい》にする老人が　棘津《きょくしん》を出て
八十歳で西に来て　渭水のほとりで釣り糸をたれている
渭水の川面に白髪が映っているが恥じ入ることではない
時が至れば盛んな意気が　天下を収める策をめぐらすのだ
十年間にわたって毎日釣り糸を垂れていたが
風采がいつのまにか文王が親しみを感じるようになっていた
大いなる賢者は虎が毛を鮮やかに変えるように自身を変えることがある

愚か者はそのことを考えられない
はじめのころは一般の人と似ているように思えるけれども
君は知っているだろうか　高陽の酒飲み（酈食其《れきいき》）が庶民のなかから身を起こし
山東の鼻の高いおやじ（劉邦）に軽い会釈をしたことを
門に入ってもひれ伏さないで　長口舌をふるえば
足を洗っていた二人の女は手を止めて　あわてて機嫌をとった
酈食其《れきいき》は東征し斉の城を七十二攻め落とした
楚と漢の軍隊を指揮して風に吹かれる蓬《よもぎ》の穂のように飛び回った
狂人扱いされた彼は落ちぶれたとはいえ　この程度の仕事はできる
血気盛んな男が大勢の英雄の前に出ていこうとするならなおさらのことだ

我竜《われりゅう》に攀《よ》じて明主《めいしゅ》に見《まみ》えんと欲《ほっ》す
雷公《らいこう》の砰訇《ほうこう》　天鼓《てんこ》を震《ふる》う
帝《てい》の旁《かたわら》に投壺《とうこ》して　玉女多《ぎょくじょおお》し
三時大笑《さんじたいしょう》して　電光《でんこう》を開《ひら》く

我欲攀竜見明主
雷公砰訇震天鼓
帝旁投壺多玉女
三時大笑開電光

倏爍晦冥《しゅくしゃくかいめい》　風雨《ふうう》を起《おこ》す
閶闔《しょうこう》の九門《きゅうもん》　通《つう》ず可《べ》からず
額《ひたい》を以《もっ》て関《かん》を叩《たた》けば　閽者《こんしゃ》怒《いか》る
白日《はくじつ》吾《わ》が精誠《せいせい》を照《て》らさず
杞国《きこく》無事《ぶじ》にして　天《てん》の傾《かたむ》くを憂《うりょ》う
猰貐《あつゆ》は牙《きば》を磨《みが》いて　人肉《じんにく》を競《きそ》い
騶虞《すうぐ》は折《お》らず　生草《せいそう》の茎《くき》
手《しゅ》は飛猱《ひどう》に接《せっ》して　彫虎《ちょうこ》を搏《う》ち
足《あし》を焦原《しょうげん》に側《そば》だてて未《いま》だ苦《く》を言《い》わず
智者《ちしゃ》は巻《ま》くべく　愚者《ぐしゃ》は豪《ごう》なり
世人《せじん》我《われ》を見《み》ること　鴻毛《こうもう》より軽《かろ》し
力《ちから》は南山《なんざん》を排《はい》す　三壮士《さんそうし》
斉相《せいしょう》　之《これ》を殺《ころ》すに　二桃《にとう》を費《ついや》す
呉楚《ごそ》兵《へい》を弄《ろう》して　劇孟《げきもう》無《な》し
亜夫《あふ》　咍爾《かいじ》として　徒労《とろう》と為《な》す

倏爍晦冥起風雨
閶闔九門不可通
以額叩関閽者怒
白日不照吾精誠
杞国無事憂天傾
猰貐磨牙競人肉
騶虞不折生草茎
手接飛猱搏彫虎
側足焦原未言苦
智者可巻愚者豪
世人見我軽鴻毛
力排南山三壮士
斉相殺之費二桃
呉楚弄兵無劇孟
亜夫咍爾為徒労

梁甫吟
声正悲
張公両竜剣
神仙合有時
風雲感会起屠釣
大人峴屼当安之

梁甫吟《りょうほぎん》
声正《こえまさ》に悲《かな》し
張公《ちょうこう》の両竜剣《りょうりゅうけん》
神仏《しんぶつ》　合《がっ》するに時有《ときあ》り
風雲感会《ふううんかんかい》　屠釣《とちょう》を起《お》こす
大人峴屼《たいじんげつこつ》たらば当《まさ》に之《これ》を安《やす》んずべし

私は竜のうろこにすがって何とか玄宗皇帝にお目にかかろうとした
雷公がガラガラと大きな音で太鼓を打ち鳴らした
帝《みかど》の傍らには多くの女性がいて投壺の遊びをしていた
半日ぐらい稲妻が光った
ぴかっと光って暗闇になり　風と雨が強くなった
天に至る九つの門は閉ざされていて
頭をぶつけて叩いてみたが　門番に怒られた
日の光も私の真心はわかってはくれない

杞の国の人々は何でもないのに天が落ちてくることを心配した
怪獣の猰貐《あつゆ》は牙を研いで人の肉を食べようとしている
騶虞《すうぐ》という名の虎は生きている草は踏みつけない
手長猿を捕まえて　猛獣を打ち殺す
勇者は焦原の絶壁の石に足をそろえて立っても怖がらない
智者は奥ゆかしく　愚者は強がって見せる
世の人々は　私を鴻毛より軽く見る
力で南山をどけるといった三人の力持ちがいたが
斉の宰相はたった二つの桃で彼らを殺した
呉や楚は反乱軍を組織しても　劇孟を味方にしなかった
だから周亜夫は　反乱軍は徒労だったと笑った
梁甫吟
その声は悲しさをおび
昔　張公の二つの宝剣が分かれて
二匹の竜が合流したように　二つが合わさるには時期が重要だ

雲が竜を呼び　虎が風を招くとき　太公望が活躍したように
皇室が不安定ないまこそ　私が不安を取り除こう

この詩（楽府）はもともと、死者の魂を祀る、葬式の歌であったと言われています。それだけに物悲しい調べのうたです。その調べに合わせて李白がつくったこの詩（楽府）を理解するには、中国の故事に通暁していなければなりません。この詩に登場する人物や物語をあげると、周の太公望、漢の酈食其《れきいき》と高祖、『山海経《せんがいきょう》』に登場する猰貐《あつゆ》と騶虞《すうぐ》という名の怪物、春秋時代の斉の景公《けいこう》、漢の周亜夫《しゅうあふ》、張華《ちょうか》と雷煥《らいかん》の宝剣、などです。残念ながら紙幅の関係で、ここではその一つひとつを詳しく説明できませんが、全体を通じて李白は、不遇の士が風雪に耐え時期を待って活躍する例を挙げています。なかでも、李白が特にあこがれて、自分もそうなりたいと思ったのは、周の時代の太公望の活躍です。

李白がこの詩の書き出しと最後の二度にわたって太公望の名を挙げていることからも、そのことはわかります。『史記』の「斉太公世家」によれば、太公望の名は呂尚《ろしょう》、一族の本姓は姜《きょう》氏でしたが、一族は呂（河南省南陽市臥竜区）に住んでいたため呂姓を名乗り、元は屠殺業を営み、長く市井にうずもれていました。八十歳近くになって、渭水の辺《ほとり》で釣り糸を垂れていたところに、周の文王《ぶんおう》（西伯昌《せいはくしょう》）が通りかかり、話をします。文王はこの老人の博識ぶりに驚嘆し、この人物こそ周の太公が待ち望んでいた人物だと考え、周の軍師として召し抱えました。彼はその後、殷《いん》の大軍を牧野《ぼくや》の戦《たたか》いで打ち破り、その手柄によって斉の王に封じられました。

また、太公望は大変な長寿で、亡くなったのは百歳を超えてからとされています。結婚したのは七十歳を過ぎてからで、妻もかなりの高齢でした。結婚しても夫が本ばかり読んで他に何もしないでいるのを見て、離婚を言いだします。太公望は離婚に不満でしたが、やむを得ず離婚を認め、その後文王に見いだされ、周の高官となります。それを知り、別れた妻が復縁を求めますが、そのとき「覆水盆《ふくすいぼん》に返《かえ》らず」との有名な言葉を発し、復縁を拒んだことでも有名です。

いずれにしろ太公望は、比類なき軍略家で軍師の祖と讃えられています。李白は太公望が周の文王を援けて活躍したように、自分こそが玄宗皇帝に力を貸して世の中を良くする人物であるとの自信を披歴し、いつの日にか必ず世に出る決意を表しています。

◆仕官の夢を絶たれ洛陽の地で放蕩生活

李白は、このののち洛陽に向かいます。洛陽は唐の時代には東都とよばれ、長安につぐ大都市でした。長安で仕官の夢を断たれた李白は、洛陽の地では遊侠の徒に混じり遊興にのめりこんだようです。

いまではほとんど死語になっている「任侠《にんきょう》」という言葉があります。『広辞苑』では「弱きをたすけ強きをくじく気性に富むこと」とありますが、李白の人生は「任侠」を重んじた生き方であったことも忘れてはなりません。剣を帯びていたこともその証の一つかもしれません。

李白は自分で、「かつて人を殺めたこともある」と告白しています。軍人でもない彼が自ら殺人者であることを公言する背景には、その殺人が「弱きをたすけ強きをくじく」ためのものであったことが推測されます。そうでなければ、人を殺したなどと自慢げに話すことはできないはずです。

当時、洛陽を南北にわける洛水のほとりに多数の飲み屋があり、李白はその一つに入り浸っていました。そんなとき、どこで吹いているのか、笛の音が聞こえます。長く低く響く笛の音は李白に望郷の念を思い起こさせます。このとき作った李白の七言絶句を紹介します。

春夜洛城《しゅんやらくじょう》に笛《ふえ》を聞《き》く

誰《た》が家《いえ》の玉笛《ぎょくてき》ぞ　暗《あん》に声《せい》を飛《と》ばす
散《さん》じて春風《しゅんぷう》に入《い》りて　洛城《らくじょう》に満《み》つ

春夜洛城聞笛

誰家玉笛暗飛声
散入春風満洛城

此《こ》の夜《よ》　曲中《きょくちゅう》　折柳《せつりゅう》を聞《き》く
何人《なんびと》か故園《こえん》の情《じょう》を起《お》こさざらん

此夜曲中聞折柳
何人不起故園情

誰の家の玉笛の音だろうか　暗い夜に笛の音が聞こえてくる
春風にのって笛の音は四方にひろがり　洛陽城全体に響く
この夜の笛の音の中に別れをうたう折柳《せつりゅう》の調べを聞けば
みんな故郷を懐かしむ気もちを起こすことだろう

「玉笛《ぎょくてき》」とは玉《ぎょく》でつくった笛のこと。「折柳《せつりゅう》」は、中国では昔から、別れの際に、川のほとりの柳の枝を折って別れる人に贈る習慣があり、このことから「折柳曲」は別れをうたった曲であることがわかります。ここで李白が懐かしく思い出した故郷は、青年時代にあれほど望郷の念に駆られた蜀ではありません。三年前、妻子を残して旅立った安陸の地です。

開元十八年（七三〇年）春、李白は妻を安陸に残して、長安へ向かってからすでに三年の月日がたっています。「そろそろ妻の待つ安陸に帰ろう」と李白にも里心がついたのでしょう。長安を発った李白は安陸に向かいますが、直接安陸に帰ればいいものを、このときも李白は途中、隋州《ずいしゅう》（湖北省の北部）に立ち寄り、隋州刺史の客となって数か月滞在しています。李白が安陸に帰ったのは開元二十年（七三二年）暮れのことです。

◆妻の実家安陸でしばし旅の疲れを癒す

安陸の家に帰った李白を待っていたのは、義父の許員外の死です。義父は前年に死去し、まだその喪は明けていませんでしたが、妻の従兄弟の許大郎が、すでに遺産分けも済ませていました。父の遺産のうち資産価値の高い田畑はすべて自分のものとして、李白とその妻には、辺鄙な土地を少し分けただけでした。李白は争うこともせず、妻の嫁入り道具と、義父の残した蔵書を運んで安陸県西部の白桃山桃花岩《はくとうさんとうかがん》に移り住みました。

白桃山桃花岩は山間の小さな鎮《まち》で、大きな寺院や建物はありませんでしたが、自然にあふれ、長安と、その後の洛陽での生活に疲れた李白にとっては癒しの土地でした。ここで李白は近くに住む盧子順《ろしじゅん》という名の隠士と交流します。盧子順は琴の名手で、李白と酒を酌み交わしながら奏でる琴の調べは李白を別天地にいざないます。

李白の有名な七言絶句『山中《さんちゅう》にて幽人《ゆうじん》と対酌《たいしゃく》す』は、このとき作られた詩であろうと考えられます。

山中《さんちゅう》にて幽人《ゆうじん》と対酌《たいしゃく》す

両人対酌《りょうじんたいしゃく》すれば　山花開《さんかひら》く
一杯一杯《いっぱいいっぱい》　復一杯《またいっぱい》
我《われ》酔《よ》うて眠《ねむ》らんと欲《ほっ》す　卿且《きみしば》らく去《さ》れ
明朝《みょうちょう》意有《いあ》らば　琴《こと》を抱《いだ》いて来《き》たれ

山中与幽人対酌

両人対酌山花開
一杯一杯復一杯
我酔欲眠卿且去
明朝有意抱琴来

二人で酒を酌み交わせば　山の花も笑っている
さあ一杯　もう一杯　さらに一杯
そろそろ酔いが回って眠くなった　きみはもう帰れ
明日の朝　また気が向いたら　琴を抱いてきてくれ

「幽人《ゆうじん》」とは、山の中に棲む隠者《いんじゃ》のことです。

この詩では「一杯一杯《いっぱいいっぱい》　復一杯《またいっぱい》」の句が光っています。文字数の少ない絶句を作る際には、言葉の重複を避けることが基本と教わったことがありますが、この絶句では「一杯」の文字が三回繰り返されます。しかし、そのことによって二人がさしつさされつ杯を交わした光景が目に浮かびます。凡人には生まれない発想です。

「復《また》」の文字は繰り返す、行ったり来たりするときに使われますが、「又」の文字も動作や状態が相次いで、もしくは交互に発生することを表します。

山の中での盧子順との楽しい酒は、盧子順の弾く琴の音によって、李白を夢の心地にさそったものと思われます。しかし、その琴の音も、睡魔に襲われた李白にとっては、安眠を妨げるものになったのかも知れません。一転、盧子順に向かって、「もういいから帰れ」と言い切るあたりに李白の誰にも遠慮しない性格が表われています。ただし、結句で、「あなたの琴の音は素晴らしいから、気が向いたら明日も来てくれ」とフォローすることも忘れません。「詩仙」李白の真骨頂を示す一首だと思います。

桃花岩《とうかがん》へ引っ越してから二年目になって、李白と妻の許氏の間に、女の子がうまれることになります。子が生まれ李白は妻子に対する責任を感じますが、かといってこの時点では、前途が明るく開けているわけではありません。山に登り盧子順と酒を酌み交わし、気が向いたら詩を賦す、そんな相変わらずの毎日を過ごしていました。

◆韓朝宗との面会の機会を探るが……

そんななか、ある日、荊州の大都督府長史の韓朝宗《かんちょうそう》が、襄陽刺史も兼ね、間もなく襄陽に着任するとの情報を得て、襄陽へ向かうことにします。襄陽行きは韓朝宗に会って就職を依頼することが最大の目的ですが、同時に旧知の孟浩然にも再会しようと考えていました。孟浩然とは開元十七年（七二九年）の春に江夏で別れて以来、その後はなぜか行き違いになることがほとんどでした。孟浩然は江夏を去ったのち江東に遊び、その後長安に赴きました。李白も孟浩然を追うように長安に行きますが、李白が長安に着いたときに彼はすでに襄陽に発ったあとでした。今度こそ襄陽で孟浩然に会えるとの李白の期待は、またしても裏切られます。李白が襄陽に到着したとき、孟浩然はすでに襄陽を去っていました。

孟浩然との再会を果たせぬまま李白は襄陽で韓朝宗を待ちます。

いよいよ韓朝宗が襄陽に到着し、その歓迎式が開かれることになり、李白は、この機会に韓朝宗の面識を得ようと式場へ出向きます。やがて韓朝宗が到着します。年のころは四十を少し過ぎたくらいで、緋色の袍を着て金色の帯を締め、まさに大人、貴人の風格を備えた姿です。迎えに出た襄陽の人々は全員が「跪拝《きはい》」といってひざまずいて挨拶しますが、ひとりだけ立ったまま両手を前に組んで深々と頭を下げる「長揖《ちょうゆう》」の礼を行っている人物がいました。李白その人です。韓朝宗は李白のこの挨拶を気に留めていなかったようですが、周囲の者は李白の態度を傲慢不遜と感じ、「何と無礼な男か」と冷たい視線を彼に注ぎます。この席では李白は韓朝宗と言葉を交わすことはできませんでしたから、宿に帰った李白はさっそく、韓朝宗に面会希望の書をしたためます。

そのとき韓朝宗にあてた手紙が『韓荊州《かんけいしゅう》に与《あた》ふる書《しょ》』として、今日に伝わっています。

韓荊州《かんけいしゅう》に与《あた》ふる書《しょ》　　　　　与韓荊州書

白《はく》は隴西《ろうせい》の布衣《ふい》にして　楚漢《そかん》に流落《りゅうらく》す　十五にして剣術《けんじゅつ》を好み　偏《あまね》く諸侯《しょこう》に干《もと》む　三十にして文章《ぶんしょう》を成《な》し　歴《あまね》く卿相《けいしょう》に抵《いた》る　長《たけ》は七尺《ななしゃく》に満《み》たずと雖《いえど》も　心《こころ》は万夫《ばんふ》に雄《ゆう》たり　王公大人《おうこうたいじん》　気義《きぎ》を許与《きょよ》す　此《こ》の疇曩《ちゅうのう》の心跡《しんせき》　安《いずく》んぞ敢《あ》えて君侯《くんこう》に尽《つ》くさざらんや

白隴西布衣　流落楚漢　十五好剣術　偏干諸侯　三十成文章　歴抵卿相　雖長

不満七尺　而心雄万夫　王公大人　許与気義　此疇曩心跡　安敢不尽君侯為

私　李白は隴西出身の庶民で　楚と漢のあたりをさまよっていました
十五歳で剣術を会得し　諸侯に仕えようとしました
三十歳でひとかどの文章を書けるようになり　公卿や宰相のもとを訪ねました
身長は七尺に達しませんが　気持ちは誰にも引けをとりません
王族や貴人は　私の気概を認めてくれましたが
私の心の中の気持ちをあなたさまに申し上げないわけにはいきません

先に紹介した『安州裴長史《あんしゅうはいちょうし》に上《たてまつ》る書《しょ》』とほぼ同じ調子で自己紹介をはじめます。この中で目立った表現は、自分の身長を七尺に満たないと書いている点です。当時の七尺はおよそ百六十センチですから、李白は当時とすればほぼ中背の男性であったことがわかります。

またこの手紙の中で、李白が一番言いたかったのは次のことでしょう。

幸願《こいねが》わくば　心顔《しんがん》を開張《かいちょう》し
長揖《ちょうゆう》を以《も》って見《まみ》ゆるを拒《こば》まれざらんことを

幸願開張心顔
不以長揖見拒

どうか心を開いていただき
私が立ったまま挨拶をしたことで気分を害され
お目通りがかなわないなどということがありませんように

「長揖《ちょうゆう》」の「揖《ゆう》」とは、両手を胸の前で組み、上下させて挨拶することで、現代も時折見かける「拱手《きょうしゅ》」といわれている所作のことです。前述したように韓朝宗の歓迎会で、人々は「跪拝《きはい》」つまり跪《ひざまず》いて挨拶をしたのに、李白はただ一人、立ったままの挨拶をしたのです。李白は、漢の大臣であった袁逢《えんほう》が、「跪拝」しないで「長揖」した趙壹《ちょういっ》をゆるして、自らの上座に座らせ意見を聞いた故事を念頭に、韓朝宗に対して、「あなたも度量の大きな人物と承知していますから、私が跪拝しなかったことを気にして面会を拒絶することなどないでしょう」と牽制球を投げているのです。

果たして、李白のこの牽制球は効果を生んだでしょうか？　結果はものの見事に失敗して、その後、韓朝宗から接見の連絡はこなかったのです。

もちろん韓朝宗も、李白と直接会って話をするかどうか迷ったはずです。ひょっとして李白を良く知る孟浩然に相談したかも知れません。孟浩然は李白の才能を高く評価していたから悪く言うはずはありませんが、それでも韓朝宗は李白と会うことは見送りました。その判断の裏には、やはり李白の気位の高さが、皇帝に彼を推薦した場合のリスクを感じさせたのでしょう。この時代には、梁《りょう》の沈約《しんやく》によって書かれた『宋書《そうじょ》』の「隠逸伝《いんいつでん》」などによって、東晋《とうしん》の陶淵明《とうえんめい》が、わずか八十日あまりで彭沢県《ほうたくけん》の県令の地位を、「たった五斗米（当時の県令の俸給）のために田舎の若造に腰を折ってしたがうことができるか」と投げ捨て、田園に帰ってしまった事例が当時の知識人の間に広く伝わっていたはずです。

「李白を皇帝に推薦しても、気に入らないことがあると、すぐ辞められてしまっては推薦した自分のキャリアにも傷がつく」。韓朝宗がそう考えて何の不思議もありません。

李白は、三十代の働き盛りです。ここ襄陽での求職活動の失敗が、よほどこたえたのでしょう。孟浩然との再会も果たせず、しばらくは毎日のように前後不覚になるほどの大酒を飲んで、憂さ晴らしをしたようです。

◆楽天家の李白も酒におぼれて憂さ晴らし

このころ創った詩が『襄陽の歌』だと考えられます。この詩も楽府の一種ですが、楽府のなかでも一句の字数は定まらず自由、平仄も不定の詩となっています。

襄陽《じょうよう》の歌《うた》

落日《らくじつ》没《しず》まんと欲《ほっ》す峴山《けんざん》の西《にし》
倒《さかさ》まに接䍦《せつり》を著《つ》けて花《はな》の下《した》に迷《まよ》う
襄陽《じょうよう》の小児《しょうじひと》斉しく手《て》を拍《う》ち
街《まち》を攔《さえぎ》って争《あらそ》い唱《うた》う白銅鞮《はくどうてい》
傍人《ぼうじん》借問《しゃもん》す　何事《なにごと》をか笑《わら》うと
笑殺《しょうさつ》す山公《さんこう》の酔《よ》うて泥《どろ》に似《に》たるを
鸕鷀《ろじ》の杓《しゃく》
鸚鵡《おうむ》の杯《はい》

襄陽歌

落日欲没峴山西
倒著接䍦花下迷
襄陽小児斉拍手
攔街争唱白銅鞮
傍人借問笑何事
笑殺山公酔似泥
鸕鷀杓
鸚鵡杯

百年三万六千日《ひゃくねんさんまんろくせんにち》
一日須《いちにちすべか》らく傾《かたむ》くべし三百杯《さんびゃくはい》
遥《はる》かに看《み》る漢水《かんすい》　鴨頭《おうとう》の緑《みどり》
恰《あたか》も似《に》たり葡萄《ぶどう》の初《はじ》めて醱醅《はつばい》するに
此《こ》の江《かわ》　若《も》し変《へん》じて春酒《しゅんしゅ》と作《な》らば
塁麹《るいきく》　便《すなわ》ち築《きず》かん　糟邱台《そうきゅうだい》
千金《せんきん》の駿馬《しゅんめ》は小妾《しょうしょう》に換《か》え
笑《わら》って雕鞍《ちょうあん》に坐《ざ》して落梅《らくばい》を歌《うた》わん
車旁《しゃぼう》側《かたわ》らに挂《か》く一壺《いっこ》の酒《さけ》
鳳笙竜管《ほうしょうりゅうかん》　行《ゆ》くゆく相催《あいうなが》す
咸陽市中《かんようしちゅう》に黄犬《こうけん》を嘆《なげ》くは
何《なん》ぞ如《し》かん月下《げっか》に金罍《きんらい》を傾《かたむ》くるに
君見《きみみ》ずや晋朝《しんちょう》の羊公《ようこう》　一片《いっぺん》の石《いし》
亀頭剥落《きとうはくらく》して　莓苔《ばいたい》を生《しょう》ず
涙《なみだ》も亦《また》　之《これ》が為《ため》に堕《お》つる能《あた》わず

百年三万六千日
一日須傾三百杯
遥看漢水鴨頭緑
恰似葡萄初醱醅
此江若変作春酒
塁麹便築糟邱台
千金駿馬換小妾
笑坐雕鞍歌落梅
車旁側挂一壺酒
鳳笙竜管行相催
咸陽市中嘆黄犬
何如月下傾金罍
君不見晋朝羊公一片石
亀頭剥落生莓苔
涙亦不能為之堕

心《こころ》も亦《また》　之《これ》が為《ため》に哀《かな》しむ能《あた》わず
清風朗月《せいふうろうげつ》　一銭《いっせん》の買《こ》うを用《もち》いず
玉山《ぎょくざん》自《お》のずから倒《たお》る　人《ひと》の推《お》すに非《あら》ず
舒州《じょしゅう》の杓《しゃく》
力士《りきし》の鐺《とう》
李白《りはく》　爾《なんじ》と死生《しせい》を同《おな》じくせん
襄王《じょうおう》の雲雨《うんう》　今安《いまいず》くに在《あ》りや
江水《こうすい》は東流《とうりゅう》し　猿《さる》は夜声《よるな》く

心亦不能為之哀
清風朗月不用一銭買
玉山自倒非人推
舒州杓
力士鐺
李白与爾同死生
襄王雲雨今安在
江水東流猿夜声

夕日が峴山の西に今まさに沈もうとしている
昔襄陽に棲んだ山簡《さんかん》は白い帽子を逆さまに被って花の下をさ迷った
すると襄陽の子どもたちが一斉に手をたたいて
道いっぱいに広がって白銅鞮《はくどうてい》の歌をうたってはやし立てる
通りすがりの人たちは何をそんなに笑っているのかと尋ねる
山簡が泥酔している姿がおかしいのですと答える

首の長い鸕鷀《ろじ》に似た形をした杓
鸚鵡《おうむ》貝でつくった杯
百年は三万六千日だが
一日に三百杯は酒を飲むべきだ
遠くに鴨の頭のような緑色をした漢水が見える
ちょうど葡萄がはじめて発酵したときのような色をしている
この漢水がもし春の酒になるのなら
高く積み重なった麹で夏の桀《か》王《けつおう》にならって糟邱台《そうきゅうだい》を築こう
魏の曹彰《そうしょう》は千金の駿馬を自分の彼女と交換して
笑いながら彫刻をほどこした鞍《くら》にまたがり落梅の歌をうたう
お供の車には酒壷をひっかけ
鳳のかたちの笙や竜の飾りの笛の音が行きすがら飲め飲めとさそう
咸陽の都で秦の李斯《りし》が黄色の犬と離れ離れになったことを嘆くより
月の下で金色の杯を傾けているほうがいい
君も知っているだろう　人々に愛された羊公《ようこう》も死んで石碑があるだけだ

石碑の下の亀の頭もかけて苔むしている
昔は石碑の前で涙を流す人が多かったが　今は涙も出てこない
この碑をみても特別な感情は湧いては来ない
すがすがしい風や明るい明月も一銭も出さずに買える
晋の嵇康《けいこう》は大酒を飲み玉山が倒れるように
倒れこんだというが誰かに押されたわけではない
有名な舒州《じょしゅう》の杓
上質な力士の酒器
李白は生きていても死んでもお前を手放さない
楚の襄王が天女と逢引きしたときの雲や雨はいまどこにいったのか
長江の水は東に流れ　猿が夜　悲しい声で啼くばかりだ

この詩（楽府）では、晋の山簡《さんかん》、夏の桀王《けつおう》、魏の曹彰《そうしょう》、秦の李斯《りし》、魏の羊祜《ようこ》、晋の嵇康《けいこう》、楚の襄王《じょうおう》の故事が登場します。そのいくつかをかいつまんで紹介します。

晋の山簡《さんかん》は、竹林の七賢のひとりであった山濤《さんとう》の息子で、父に似て奇行が多く、襄陽に住んでいるとき酒に酔って白い帽子を逆さまにかぶって馬に乗り、その様子を子どもたちが面白がってはやし立てたそうです。夏《か》の桀《けつ》は、酒池肉林の故事で有名ですが、酒を満たして池を作り、その酒かすで展望台「糟邱台《そうきゅうだい》」を築いたという話があります。

魏の曹彰《そうしょう》は、見事な駿馬が欲しくなり、自分の彼女と交換したとの逸話があり、今の時代では女性をもののように考えていると顰蹙《ひんしゅく》ものですが、この時代、決断の潔さをたたえる逸話として人口に膾炙《かいしゃ》しました。秦の李斯《りし》は、始皇帝の参謀として宰相にまでなりましたが、讒言《ざんげん》に遭い、一族皆殺しになりました。死に臨んで、息子に「黄色い犬を連れてウサギ狩りに出かけたが、あのころに戻りたい」と嘆いたそうです。

晋の羊祜《ようこ》は、襄陽を良く治め、庶民に人気のあった政治家で、襄陽の人びとは彼の死後、石碑を建てて、その遺徳を偲んで泣いたといわれていますが、月日が経つと人々は羊祜のことは忘れ去り、石碑も苔むすばかりです。

晋の嵇康《けいこう》は、竹林の七賢のひとりで酒を飲んでは寝込んでいた故事が残っています。楚の襄王《じょうおう》は夢の中で巫山《ふざん》の女神と契り、女神が「昼は雲になり、暮れには雨となってあなたをお待ちします」といったと伝わっています。

これらの人びとは、それぞれの時代には立派な仕事をした偉人として、あるいは奇人としてその名が後の世に伝わっていますが、時がたてばその功績も奇行の数々も忘れ去られ、やがて名前さえも消えてしまいます。王侯貴族も、世捨て人も死んでしまえば同じことで、それよりいまこうして生きているうちに楽しく酒を飲もうという李白の人生観が吐露された詩（楽府）です。

李白は杜甫の有名な『飲中八仙歌』の中で「一斗詩百篇」と歌われたように、酒とは切っても切れない縁があります。唐の時代の一斗は、五・九四リットルと言われていますから、現在の一升瓶で三本ちょっとの酒を飲んでいる間に詩を百篇作ったということでしょう。当時の酒はアルコールの度数が低く、三％程度だったと伝わっています。李白が酒を一斗飲むとの杜甫の記述はあながち詩作の上の誇張とは思われません。李白が飲んだ当時の酒は現在の紹興酒に近い醸造酒と考えられますが、西域では葡萄酒も飲まれていましたから、李白も長安の胡姫がいる酒場では葡萄酒を飲んだ可能性があります。

李白は酒を一斗飲んで詩を百篇作るといいますが、これも多少オーバーな詩的表現でしょう。しかし、百篇は無理でも、いくら酔っても詩をたちどころに作る才能の持ち主だったことは確かです。陶淵明の酒もそうでしたが、酒に酔っていても、どこかで醒めたところがあり、その醒めた目で社会の矛盾をするどく抉《えぐ》る詩も残しています。また、李白の現存するおよそ一〇〇〇首の詩の中で、何らかの形で酒に触れている作品は、およそ百七十首あるといわれています。

◆「貞観の治」と武則天の改革

　ここであらためて、唐の時代の政治をざっと眺めておきます。いうまでもなく、唐は隋の官僚であった李淵《りえん》が隋を滅ぼして六一八年に建国し、自ら初代皇帝の高祖となりました。

　一般には唐王朝は漢民族の王朝と認識されていますが、正確には五胡のひとつ鮮卑族《せんぴぞく》の拓跋氏《たくばつし》の流れをくむ王朝と考えられます。拓跋氏は北魏を建国、その後積極的な「漢化政策」によって漢民族との同化を進めたため、唐王朝は漢民族の文化の影響を強く受けていますが、それまでの漢や晋などの純粋漢民族の王朝とは異なります。このことが、高祖に次いで唐王朝の第二代皇帝となった太宗《たいそう》や、その後の武則天の大胆な改革政治にもつながったと考えることができます。

　初代皇帝高祖の次男、李世民《りせいみん》は兄を殺し、父親に退位を迫り、自ら太宗皇帝となった「不義の皇帝」とのレッテルに悩んだ時期があります。しかし、六二六年からその死の六四九年までの太宗の治世は「貞観《じょうがん》の治《ち》」といわれるほどに世の中が安定し、経済が栄えた時代でした。太宗が行った政治改革は、まず、中央政府に「中書省《ちゅうしょしょう》」「門下省《もんかしょう》」「尚書省《しょうしょしょう》」の「三省」を設けたことです。

　現代の「三権分立」の考えにも似た三省制度について、歴史学者の宮崎市定氏は、その著『大唐帝国』（中公文庫）のなかで次のように書いています。

「（三省制度によって）政府の政策決定は天子の恣意によって行うことができなくなり、中書での決定は門下での審議を経てはじめて有効になり、尚書省に交付され天下に実施される。（中略）いいかえれば天子といえどもある手つづきを経なければ主権を行使できなくなったわけである」

尚書省のなかはさらに六部に別れ、官僚の人事を扱う「吏部《りぶ》」、財政を担当する「戸部《こぶ》」、祭祀や儀礼を司る「礼部《れいぶ》」、軍事を担当する「兵部《へいぶ》」、司法を司る「刑部《けいぶ》」、そして土木事業などを行う「工部《こうぶ》」があり、それらを統括する「尚書都省《しょうしょとしょう》」が設けられていました。

また、皇帝に直接意見を言う「諫官《かんかん》」の制度を設け、「諫官」には当時貴重品だった紙を毎月二百枚支給し、「諫官」はその紙を使って皇帝に意見を具申しなければならなかったとされています。

その後、太宗が没し、皇帝は高宗《こうそう》（太宗の九男）、中宗《ちゅうそう》（高宗の七男）、睿宗《えいそう》（高宗の八男）と続きますが、注目されるのが高宗の皇后となった武后《ぶこう》と中宗の皇后の韋后《いこう》です。

武后は日本では則天武后《そくてんぶこう》として知られていますが、この名は七〇五年、自らの死に際し、すでに皇帝の座を追われていた彼女が、皇后としての葬儀を希望して使用されたもので、現在の中国では武則天《ぶそくてん》の名で呼ぶことが一般的です。武則天は北魏から北周、隋、唐の初期に勢力を持った関隴《かんろう》貴族集団《きぞくしゅうだん》の一員である武士彠《ぶしやく》の次女として生まれました。関隴貴族集団は、北魏時代に関《かん》（関中いまの陝西省）と隴《ろう》（甘粛省南東部）の国境を守った貴族集団で、その中心になったのが八柱国《はちちゅうこく》と呼ばれる李淵の祖父の李虎《りこ》や、李密《りみつ》の曽祖父の李弼《りひつ》などでした。唐の時代の初期には貴族社会のヒエラルキーが健在で、貴族社会の一員ではありましたが傍流の武一族の娘が皇帝の后になることは考えられなかったのですが、武則天は自らの美貌と才覚で十四歳のときに太宗の後宮に入り、太宗の死後いったん出家しながら、還俗して、ついに三代高宗の皇后になります。

高宗の死後、実権を握った武則天は中宗、睿宗《えいそう》を皇帝に立てますが、実権は手放さず、六九〇年には自ら聖神《せいしん》皇帝を名乗り、国号も周《しゅう》に改めます。

中国の長い歴史の中では、女性が皇后あるいは皇太后として、政治の実権を握る場面は少なくありません。しかし、自らが皇帝になった女性は武則天を除いてほかに例がありません。

日本の天皇制では推古《すいこ》天皇や持統《じとう》天皇など女性天皇の例に事欠きませんが、中国では自ら皇帝に即位した女性は武則天のみです。そのせいか、武則天は中国の「三大悪女」（武則天、呂后《りょこう》、妲己《だっき》、ほかに西太后《せいたいこう》を入れて四悪女とする場合もある）の筆頭に数えられ、様々な悪事を働いたことになっています。一例を挙げると、自分が生んだ赤子を殺し、高宗の皇后をその犯人に仕立て上げ、自分が皇后の座を奪ったとされていますが、この話が真実かどうか、疑わしいとの説もあります。それどころか武則天は、当時宮廷にはびこっていた無能な貴族に替え、科挙出身者を重用するなど政治改革を目指したことが記録されています。しかし、武則天の試みは既得権益を握った貴族階級に阻まれ、結局、自らが選んだ宰相の張柬之《ちょうかんし》らが彼女に退位を迫り、一度追いやった中宗が復位し、国名ももとの唐に戻します。

武則天は失意のうちに幽閉された上陽宮《じょうようきゅう》で七〇五年、その生涯を閉じます。

なお、武則天は「則天文字」と呼ばれる文字も独自に創っています。この文字が使われた時代はごく限られていますから、その文字がいくつあったか正確な数は不明ですが、十七文字あったとする説が有力で、わが国の江戸時代の水戸藩主の水戸光圀《みとみつくに》の圀《くに》の字は則天文字であるといわれています。また、「日」は国がまえに乙と書き、「月」は国がまえに子の文字、「星」は〇《まる》と書き、現代の中国の簡体字をさらに簡略化した文字が使われていたようです。

◆玄宗皇帝と「開元の治」

いよいよ玄宗皇帝の登場ですが、武則天がこの世を去った七〇五年に、のちに玄宗皇帝になる李《り》隆基《りゅうき》は二十歳を迎えます。武則天の死によって王朝は唐が復活しましたが、朝廷内では武則天の娘である太平公主《たいへいこうしゅ》や実家の武一族が力を握り、中宗の政治に口出しをします。ところが武一族の政治への関与以上に、中宗に強く圧力を加えたのが、韋《い》皇后でした。韋皇后は武則天の真似をして政治のあらゆる場面に口をはさみ、ついには中宗の命をも脅かすようになりました。もっとも武則天は夫の高宗の命を狙うことはなく、むしろ最後まで自分は高宗の皇后であったことを誇りに感じ、死後も高宗の隣に埋葬されています。

韋《い》皇后は夫の中宗を毒殺し、傀儡の温王李重茂《りちょうも》（殤帝《しょうてい》）を立て、その後は自分への禅譲を画策します。ところがこの企ては結実しませんでした。最初の抵抗は中宗の皇太子であった李重俊《りじゅうしゅん》がクーデタを起こしますが、あえなく失敗し、その後は睿宗《えいそう》の三男の李隆基が武則天の娘であった太平公主と結んで韋氏を排除にかかります。このクーデタは成功し、李隆基の父の睿宗が再び帝位につきます。睿宗の重祚《ちょうそ》後、隆基は韋氏討伐の功績により皇太子に立てられ、七一二年、睿宗の崩御で二十七歳の隆基が皇帝になります。これが玄宗皇帝です。

玄宗皇帝の治世の前半は「開元《かいげん》の治《ち》」と称されるように、唐王朝は内外ともに安定した成長期を迎えます。実は、「開元の治」を支えたのは武則天に見いだされた科挙の試験合格者である姚崇《ようすう》や宋璟《そうかん》で、玄宗皇帝は彼らを宰相にするなど、これまでの貴族社会の権力独占を廃した結果であったといえます。

玄宗が帝位について、元号を開元と改めた翌年、七一四年には玄宗皇帝は翰林院《かんりんいん》を設置、これまでの科挙試験の合格者だけでなく、琴、将棋、絵画、詩作、天文、暦などにすぐれた人物を翰林《かんりん》供奉《ぐぶ》として遇することを決めています。

また開元一五年(七二七年)には、「民間で文武の才能のある者は宮廷に自薦すべし」との詔《みことのり》を発し、開元二十年（七三二年）には地方の有力者に対し、「優れた人材でまだ天子に報告していない者があればただちに推薦せよ」と呼び掛けています。

「開元の治」によって唐にそれまで続いた貴族政治による社会の停滞を打ち破る気概が溢れ、玄宗皇帝がすすめたひろく民間から人材を求める政策と相まって、李白のように地方に埋もれた人材が、「自分にも活躍の場が得られるのでは」と考え、行動するようになったのです。李白の各地への漫遊は、単なる物見遊山の旅ではなく、自分を天子に推薦してくれる有力者を求めての求職の旅だったのです。

column

万里こぼれ話

傾城傾国（けいせいけいこく）

前漢の時代の歴史書『漢書』の「孝武李夫人伝《こうぶりふじんでん》」に「北方有佳人　絶世而独立。一顧傾人城　再顧傾人国」との記述があります。つまり美人である李夫人が「一瞥すれば城が傾き　再度見つめれば国が傾く」との意味で、彼女の美しさを讃える表現です。玄宗皇帝と楊貴妃のロマンスをうたった白居易の長編抒情詩『長恨歌《ちょうごんか》』の書き出しでも「漢皇色《かんこういろ》を重《おも》んじて傾国《けいこく》を思《おも》う」とあり、玄宗皇帝が傾国の美女である楊貴妃を寵愛したことにより国が傾いたことを暗示しています。この詩から、「傾国の美人」の表現がさらに有名になりました。近世の日本文学では、「傾城《けいせい》」を太夫や天神などの高級遊女を指す言葉として使われることがあります。

第四章…… 李白、ついに皇帝に召される

襄陽での求職活動に失敗した李白は開元二十二年（七三四年）、一旦、妻子の待つ安陸に帰りますが、翌年春には、友人の元演《げんえん》にさそわれ太原《たいげん》（山西省太原市）に行きます。太原にはおよそ一年滞在し、開元二十五年（七三七年）、安陸に戻ります。李白は、このとき三十七歳、人生のうちで一番働き盛りの歳ごろです。しかし定職のない李白にとっては旅を続け、ゆく先々で人に会い、就職のつてを探ることと、各地の名勝旧跡を訪れて、詩作にふけることしかほかにやることがなかったのです。

◆太原から揚州さらに金陵、当途へ赴く

次の詩は太原で望郷の念に駆られたときの作品です。

太原《たいげん》の早秋《そうしゅう》　　太原早秋

歳《とし》落《お》ちて　衆芳《しゅうほう》歇《や》み　　歳落衆芳歇
時《とき》は大火《たいか》の流《なが》るるに当《あた》る　　時当大火流

霜威《そうい》　塞《さい》を出《い》でて早《はや》く
雲色《うんしょく》　河《かわ》を渡《わた》りて秋《あき》なり
夢《ゆめ》は繞《めぐ》る　辺城《へんじょう》の月《つき》
心《こころ》は飛《と》ぶ　故国《ここく》の楼《ろう》
帰《かえ》りを思《おも》えば　汾水《ふんすい》の若《ごと》く
日《ひ》として悠悠《ゆうゆう》たらざる無《な》し

霜威出塞早
雲色渡河秋
夢繞辺城月
心飛故国楼
思帰若汾水
無日不悠悠

一年も後半になり多くの花々も散ってしまった
赤い星のアンタレスが西の空に輝くとき
霜の厳しさは塞外の地では早くなる
雲の色も黄河を渡ると秋の気配を感じさせる
夢は辺境を照らす月のまわりを回っている
心は故郷の高楼に飛んでいる
帰りたいとの思いは汾河の水のように
いつまでも絶えることなくゆっくり流れる

太原《たいげん》は唐の時代には長安（西都）、洛陽（東都）に並ぶ第三の都市で、「北都」と称されていました。三つの都はいずれも黄河流域にありますが、太原は市内を山西省最大の河、汾河《ふんが》が流れています。旧暦では一・二・三月が春、四・五・六月が夏、七・八・九月が秋で、詩題の早秋は七月ころをさし、「大火《たいか》」と呼ばれていたさそり座の首星であるアンタレスが、それまでの南の方角から西に移動した時期にあたり、「時《とき》は大火《たいか》の流《なが》るるに当《あた》る」の表現が正確であることがわかります。

秋はただでさえ寂しく、特に旅人は故郷を思うものです。この場合の故郷は、少年時代を過ごした蜀の地か、はたまた妻子の住む安陸か定かではありませんが、私は妻子の待つ安陸であろうと考えます。

しかし李白は、こうした望郷の詩を詠いながら、まだ安陸には帰りません。開元二十七年（七三九年）初夏、揚州《ようしゅう》に向かい、さらに金陵《きんりょう》へと赴きます。揚州、金陵はともに長江流域で現在の江蘇省にあたります。李白は、ここから長江を遡り安徽省に入ります。現在の安徽省馬鞍山市当塗県《ばあんさんしとうとけん》の北に、牛渚山《ぎゅうしょさん》があり、この山の山麓は長江に突き出し、そこが采石磯《さいせきき》と呼ばれる景勝地になっています。のちに紹介する『秋浦《しゅうほ》の歌《うた》』はこの地で作られたものです。采石磯は晩年、李白がこの地で、月のあまりの美しさに川面に映った月をとろうとして水死したとの伝説の地です。この話はあくまで作り話で、実際には当塗の地で、李陽冰《りようひょう》に看取られて亡くなります。いずれにしろこの地は李白がこよなく愛した場所で、ここで詠んだ次の詩を紹介しましょう。

夜《よる》牛渚《ぎゅうしょ》に泊《はく》して懐古《かいこ》す

牛渚《ぎゅうしょ》　西江《せいこう》の夜《よる》
青天《せいてん》　片雲《へんうん》無《な》し
舟《ふね》に登《のぼ》って　秋月《しゅうげつ》を望《のぞ》み
空《むな》しく憶《おも》う　謝将軍《しゃしょうぐん》
余《よ》も亦《ま》た　高詠《こうえい》を能《よ》くす
斯人《しじん》　聞《き》く可《べ》からず
明朝《みょうちょう》　帆席《はんせき》を挂《か》くれば
楓葉《ふうよう》　落《お》ちて紛紛《ふんぷん》たらん

夜泊牛渚懐古

牛渚西江夜
青天無片雲
登舟望秋月
空憶謝将軍
余亦能高詠
斯人不可聞
明朝挂帆席
楓葉落紛紛

牛渚　長江の西の岸で夜を迎えた
夜空は晴れ渡り　一片の雲もない

舟の上から秋の月を眺め
遠く謝将軍の故事を憶う
私も詩を高く吟じることはできるが
その人（謝将軍）はその詩吟を聞くことはできない
明日　朝になって　舟の帆をかければ
楓《ふう》の落ち葉ははらはらと水面に散ることだろう

晋の時代の鎮西将軍謝尚《しゃしょう》が牛渚の城を守っていたとき、江上から詩を吟じる声が聞こえてきました。その声の主を尋ねると袁宏《えんこう》という詩人だったので、彼を城内に招いて詩について語り合ったとの故事を踏まえてつくった詩です。

「私も今つくった詩を大声で吟じることはできるが、謝将軍はもうこの世にいないから、私と詩について論じる人はいない。さあ、明日の朝は出発だ。秋の一日、黄金色の楓の落ち葉が散って、さぞかし風流だろう」と眠りにつきます。

秋も深まり、李白は安陸へ帰ろうとして、途中洞庭湖畔の岳州《がくしゅう》で王昌齢《おうしょうれい》に出会います。王昌齢は、李白より約十歳年長で、進士の試験に合格した秀才でしたが、官職に恵まれず、そのときも嶺南《れいなん》の地に左遷される旅の途中でした。嶺南山脈は、華中と華南をわける山脈です。王昌齢が華南に左遷された理由は、当時の宰相であり実力者であった李林甫《りりんぽ》を批判したからです。

玄宗皇帝の御代は「開元の治」といわれるように、世の中が落ち着き経済的にも繁栄を極めた時期でしたが、政界では、科挙の試験に合格して官僚になった「進士派」と、貴族社会の一員で門閥によって出世した「門閥派」のあいだに権力争いがあったことは事実です。李林甫は、曽祖父が高宗のいとこでしたから、「門閥派」の一員でした。「進士派」の代表は、張説《ちょうえつ》や張九齢《ちょうきゅうれい》で、王昌齢も「進士派」に名を連ねていました。

李林甫《りりんぽ》が玄宗の覚えめでたく宰相の地位につき、なんと二十年の長きにわたりその地位を維持できたのは、李林甫が玄宗皇帝の側近の宦官、高力士《こうりきし》にとりいっていたからです。

王昌齢と会い、最近の唐王朝内の醜い権力争いの実情を聞き、王昌齢の身の上に自分自身の不遇を重ね、このまま自分も埋もれたままで生涯を終わるのかと、李白は暗澹たる気持ちになりました。

なお、このときの作ではありませんが、こののち王昌齢が竜標《りゅうひょう》の尉《い》（検察官）に左遷されることを知り、王昌齢に同情の意を込めて次の七言絶句をつくっています。

王昌齢《おうしょうれい》が竜標《りゅうひょう》の尉《い》に左遷《させん》せらると聞《き》き
遥《はる》かにこの寄《き》あり

楊花落《ようかお》ち尽《つ》くして　子規《しき》啼《な》く
聞《き》く道《なら》く　竜標《りゅうひょう》　五渓《ごけい》を過《す》ぐと
我《われ》　愁心《しゅうしん》を寄《よ》せて　明月《めいげつ》に与《あた》う
風《かぜ》に随《したが》いて直《ただ》ちに到《いた》れ　夜郎《やろう》の西《にし》

聞王昌齢左遷竜標尉
遥有此寄

楊花落尽子規啼
聞道竜標過五渓
我寄愁心与明月
随風直到夜郎西

ねこやなぎの花が散り　ホトトギスが啼く
君は竜標に左遷され　すでに五渓を過ぎたと聞く
私はかなしい気持ちを　明月にたくして
風のまにまに夜郎の国の西まですぐにとどけよう

四十頁の「金陵《きんりょう》の酒肆《しゅし》にて留別《りゅうべつ》す」の詩では、起句に「柳花《りゅうか》」が登場しましたが、この詩では「楊花《ようか》」となっていますから、ネコヤナギのことで、その花が落ち尽くすとあるので季節は晩春のことと分かります。「子規」はホトトギスのことで、ホトトギスがよく啼くのも春の終わりで、楊花が落ち尽くす時期と一致します。竜標《りゅうひょう》は現在の湖南省の奥の黔陽《けんよう》県にあたりますが、五渓は洞庭湖の西南端に位置し、竜標へ向かう旅の途中の地で、五つの谷川があることからこの名がついていました。結句に見る「夜郎《やろう》」は、一般には『史記』に登場する「夜郎国」を連想しますが、この「夜郎国」は現在の貴州省、雲南省のあたりの少数民族がすむ地域で、王昌齢の任地の竜標とは方向も異なり距離があります。そこで地図を調べると、「夜郎」はもう一か所、現在の湖南省の最西端で、貴州省の最東端に接するトン族自治県に「夜郎谷《やろうこく》」と呼ばれる地域があります。多くの水流が集まる神秘的な地方で、この地は五渓から竜標の旅の途中に位置するので、この辺りのことを指しているとも考えられます。

◆李白三十九歳、最初の妻を亡くし東魯に向かう

開元二十七年（七三九年）の暮れ、李白は安陸の家に帰ります。李白を迎えた妻の許氏はおどろくほど衰弱した姿でした。妻は前年に男の子を産んでいますが、産後の肥立ちも悪く、留守の続く李白に代わって、一家を守らなければならない重責にさいなまれて、見る影もなくやつれていまし

た。李白は約半年、妻の看病をしますが、李白の努力もむなしく、妻は死を迎えます。

すでに五歳となった女児と二歳の男児の二人を抱えて、李白は安陸に永住することも可能でしたが、みやこで一旗揚げる夢を捨てきれず、安陸の家を出て、東魯《とうろ》に向かいます。

東魯《とうろ》は兗州《えんしゅう》、現在の山東省のあたりで、首府の瑕丘《かきゅう》をはじめ孔子の故郷として有名な曲阜《きょくふ》、任《にん》城《じょう》など十一の県がありました。李白が東魯に向かった理由は、遠縁の叔父が任城の県令をつとめていたことによりますが、同時に東魯には、裴旻《はいみん》将軍がいて、彼に剣術を習おうとしていたこともあげられます。裴旻将軍は、玄宗皇帝の開元年代の初期に、信安王に従って従軍し、北伐・征西で武勲を立てた武人で、剣術の達人であるだけでなく、絵画や書にも造詣の深い人物でした。李白は裴旻将軍の配下にしてほしいと手紙を書きます。しかし、裴旻将軍は、まだ五十歳にならないのに、すでに武人を辞めて田園生活に入ることを決めていたので、李白の願いはまたしても聞き入れられませんでした。


当時の李白は、親戚の李洌《りれつ》の援助で、瑕丘《かきゅう》の郊外に家をかまえていました。この家のとなりに一人の麗人が住んでいました。妻を亡くしたばかりの李白は、その女性を一目見るなり好意を抱きましたが、彼女は人妻で、夫は出張にでたまま何年も帰ってこない状態でした。李白本人は、彼女を妻にできないかと思案を重ねますが、東魯は何といっても孔子の故郷で、人々も儒教の教えに染まっていますから、夫のいる女性と恋仲になることは認められることではありません。李白が彼女に思いを寄せているらしいとの噂がひろまり、李白は窮地に立たされます。そんな李白に友人たちが劉家の寡婦を娶らせる形で助け舟をだします。こうして李白は瑕丘の城内に家を移し、ここで新たに迎えた妻と暮らすことになります。

開元二十九年（七四一年）秋、李白の畏友である元丹丘《げんたんきゅう》が玄宗皇帝に召されて長安に赴く知らせをうけ、ただちに元丹丘の住まいである、潁陽《えいよう》の山荘をたずねました。

李白が元丹丘を訪問した目的は二つあります。ひとつは、元丹丘のみやこへの出発に祝意を表すため、そしてもう一つは、みやこに上がって玄宗皇帝の目通りが叶うことになったら自分を推薦してくれるように頼むことです。

誠実な人柄の元丹丘は、李白に対して、玄宗皇帝と対面することがあれば、必ず李白を推薦することを約束してくれました。

こののち李白は待ちに待った玄宗皇帝からの招きをうけることになりますが、元丹丘の尽力によるものか、あるいは一般に言われているように、道士の呉筠《ごいん》の働きによるものか定かではありません。おそらく両者の推薦があったと考えるのが妥当なのではないでしょうか。

◆李白四十二歳、ついに玄宗皇帝のお召を受ける

七四二年元旦、玄宗皇帝は元号を「開元《かいげん》」から「天宝《てんぽう》」に改めました。この改元には玄宗皇帝が、数年前から道教への帰依を深化させていたことも影響していると考えられます。

もともと唐王朝は、初代皇帝の高祖李淵《りえん》の時代から、道教との結びつきが深い政権であったといえます。その後の中宗、睿宗の時代になり、道教の影響はやや薄まり、「道仏二教併崇」となりましたが、玄宗皇帝の即位により、ふたたび道教重視の崇道政策が強化されました。開元二十九年（七四一年）には、諸州に老子廟を設置するなど道教崇拝政策を押し進める詔を発します。その詔のなかに、道教ゆかりの「天宝」の文字があったため元号を「天宝」に改め、同じ詔のなかに「千載《せんざい》」の表記があり、「年」も「載」にしたとされています。

元号は天子が時間を支配する考えから制定されたもので、中国だけではなく日本をはじめ東アジア諸国に広まっています。改元は一般には皇帝の交替に伴っておこなわれるものですが、中国でも日本でも国家的な慶事に際して、あるいは大きな災害に見舞われたときなど、かなり頻繁におこなわれていました。日本では、明治時代になって「一世一元」の制度が確立して、慶事や凶事をきっかけにした改元はなくなっています。

玄宗皇帝は改元にともなって、州を郡に改め、刺史《しし》を太守《たいしゅ》と呼び名を変えています。

さらに、この年の正月には大赦令を出し、同時に全国の県に対して「科挙の試験を受けていないもので、学問に秀でたもの、文学や武術に通じたものを推薦するように」との詔勅を出しています。そしてこの年の夏、李白は子どもたちを南陵（安徽省南陵県）に残し、自らは越《えつ》（浙江省）に向かいます。越にいた李白に、玄宗皇帝からのお召がかかります。李白は待ちに待った知らせを受け、すぐに南陵にとって返し、そこで妻子に別れを告げ、単身、長安に赴くことにします。玄宗皇帝からの招請ですから、それなりの厚遇が受けられることは明らかで、「これまで苦労をかけた妻子を同道すればいいのに……」と、私のような凡人は考えますが、李白には別な考えがあったのでしょう。一人長安に旅立ちます。李白はすでに四十二歳になり、髪もすっかり白くなっていました。

出発に際して作った詩が有名な次の詩です。

南陵《なんりょう》にて児童《じどう》に別《わか》れて京《きょう》に入《い》る　　南陵別児童入京

白酒《はくしゅ》新《あら》たに熟《じゅく》して　山中《さんちゅう》に帰《かえ》る　　白酒新熟山中帰

黄鶏《こうけい》黍《きび》を啄《ついば》んで　秋《あき》正《まさ》に肥《こ》えたり
童《わらべ》を呼《よ》び鶏《とり》を烹《に》て　白酒《はくしゅ》を酌《く》む
児女《じじょ》は嬉笑《きしょう》して　人《ひと》の衣《ころも》を牽《ひ》く
高歌《こうか》　酔《すい》を取《と》って自《みずか》ら慰《なぐさ》めんと欲《ほっ》す
起舞《きぶ》して　落日《らくじつ》と光輝《こうき》を争《あらそ》う
万乗《ばんじょう》に遊説《ゆうぜい》する　早《はや》からざりしに苦《くる》しむ
鞭《むち》を著《つ》け馬《うま》に跨《またが》り　遠道《えんどう》を渉《わた》る
会稽《かいけい》の愚婦《ぐふ》　買臣《ばいしん》を軽《かろ》んず
余《よ》も亦《また》た家《いえ》を辞《じ》して西《にし》のかた秦《しん》に入《い》る
天《てん》を仰《あお》いで大笑《たいしょう》して門《もん》を出《い》でて去《さ》る
我《わ》が輩《はい》豈《あ》に是《こ》れ　蓬蒿《ほうこう》の人《ひと》ならんや

どぶろくを新たに醸《かも》して　山のなかのわが家に帰る
黄色い鶏は黍を啄んで　よく肥えている秋である
子どもたちを呼んで鶏を煮て　どぶろくを飲む

黄鶏啄黍秋正肥
呼童烹鶏酌白酒
児女嬉笑牽人衣
高歌取酔欲自慰
起舞落日争光輝
遊説万乗苦不早
著鞭跨馬渉遠道
会稽愚婦軽買臣
余亦辞家西入秦
仰天大笑出門去
我輩豈是蓬蒿人

男女の子どもは喜びはしゃぎ　私の着物のそでをひく
高らかに歌い　酔っ払って自分を慰めたいと思う
立ち上がって舞い　落日と輝きをきそう
天子にむかって自分の意見を説く機会がやっときた
鞭を持ち馬に跨り　遠い道をみやこに向かう
むかし会稽にすむ愚かな夫人は朱買臣《しゅばいしん》を軽蔑した
自分もこれから家を出て西方の長安に向かう
天を仰いで大笑いして門を出てゆくが
我輩は雑草のように野に埋もれて一生を過ごす人物ではない

南陵で李白の帰りを待っていた妻と子どもたちに再会しても、李白は玄宗皇帝からお呼びがかかった興奮をかくせません。家では妻が用意した心づくしの酒と肴で祝いの膳を囲みます。子どもたちは久しぶりに帰ってきた父親にまつわりつきます。

詩中に「会稽《かいけい》の愚婦《ぐふ》　買臣《ばいしん》を軽《かろ》んず」とありますが、これは次のような故事に基づいています。漢の時代に、会稽《かいけい》（現在の浙江省の紹興付近）に住む朱買臣《しゅばいしん》は、貧しいながらも向学心に燃えた男でした。四十歳を過ぎてもうだつがあがらない夫の姿を見て妻が離婚を申し出ると、朱買臣は「五十歳になれば必ず出世して、大金持ちになるから、それまで待ちなさい」と諭しましたが、妻は言うことを聞かずに離婚したそうです。果たして朱買臣は、その後、予言通りに大金持ちになり、人々は買臣の妻の愚かさを笑ったものです。

「蓬蒿《ほうこう》」は「よもぎ」のことで、当時、あたりによく生えていた雑草を示します。「蓬蒿の人」で、野に埋もれて一生平凡な人生を送る人の意です。

買臣の妻は不遇時代の夫を軽んじ、見限って離婚を言い出したから愚かな婦人の誹りを免れ得ないでしょう。李白は生涯四人の妻を娶っていたことは有名な話で、このときの妻は、二番目の劉氏であることは、南陵に妻子が住んでいたことからも明らかです。李白と劉氏の夫婦関係がどうであったかは明らかではありませんが、劉氏がとりたてて愚妻であったという話も聞きません。李白はどんな思いでこの故事を引いたのか、私には理解不能です。正直に言うと、この詩には李白の身勝手さが表れていると思われます。しかし、長安に向かう李白の決意と、天子からのお召で有頂天になった当時の心境がよく表れている詩だと考え紹介しました。

特に、この詩で注目すべきは後半の「万乗《ばんじょう》に遊説《ゆうぜい》する　早《はや》からざりしに苦《くる》しむ」の句です。「万乗」

は皇帝を意味し、「遊説」は各国を回って自分の意見を王や貴人に進言することです。

玄宗皇帝は、李白の詩の才能に注目して、宮廷詩人として新しい詩を作らせ、宴席などで花を添える役割を期待していたのに対して、李白は春秋戦国時代の「遊説家《ゆうぜいか》」、つまり蘇秦《そしん》や張儀《ちょうぎ》のように弁論で国の政治に影響を与えたかったのです。

前の章の『梁甫の吟』の詩の解説でも書きましたが、李白は、軍略家、政治家になって国に尽くしたいとのやみがたい気持ちがありました。皇帝の側に仕えるのも、そのための重要な一歩と考えていたのです。李白のこの思い込みが、こののちせっかくみやこに上がり、玄宗皇帝の側に仕えながら、実質一年半でみやこを離れる原因になったのだと考えます。

column

万里こぼれ話

玄宗をめぐる女性たち

玄宗がまだ臨淄王《りんしおう》だったころの妃であった王氏は玄宗が皇帝になったおり、皇后になりました。王氏との間には子どもがなかったことから、玄宗は多くの妃を後宮に集め、子作りに励んでいました。なかでも皇太子となる李瑛《りえい》を産んだ趙麗妃《ちょうれいい》と寿王となる李瑁《りぼう》を産んだ武恵妃《ぶけいい》が玄宗皇帝の寵愛を集めましたが、二人の愛妃の産んだ子のどちらを皇太子にするかで、宮廷内は二つに割れ、そのことが宰相の張九齢と李林甫の対立となり、結果的に張九齢は宮廷を追われます。しかし、喧嘩両成敗で、その後李瑛、李瑁ともに退けられ、年長の皇子であった李亨《りこう》が宦官の高力士の勧めもあって皇太子になり、彼が安史の乱の中で粛宗《しゅくそう》となります。武恵妃は開元二十五年（七三七年）に亡くなりますが、武恵妃に替わって玄宗皇帝の寵愛が向かったのは楊貴妃です。

第五章　長安での李白

玄宗皇帝の天宝元年（七四二年）、四十二歳の李白は十三年ぶりにみやこ長安の空を眺めていました。長安の賑わいは、以前と少しも変わらず、都大路には多くの商店が並び、胡人の姿もみられ、道行く人々でごった返していました。墻壁《しょうへき》に囲まれた奥には、朝廷の各種行政機関が並ぶ「皇城」の伽藍がそびえ、さらにその奥には、皇帝の居室と執務の宮殿がある「宮城」が控えていました。前回の長安滞在では、墻壁のなかの建物に李白が入ることは叶いませんでしたが、今回は皇帝の招きですから堂々と宮殿に上ることが可能になると考えると、胸の高鳴りをおさえることができなかったはずです。

もちろん、この時期に皇帝からみやこに招かれた人物は、李白一人ではありません。皇帝は数次にわたって全国に有為の人材を推薦するようにとの詔書を発していましたから、多くの人材が皇帝の招きに応じて長安を訪れていたはずです。彼らは、先ず「招賢館《しょうけんかん》」と呼ばれる宿舎に逗留して、そこで皇帝からのお召を待つことになります。好奇心旺盛な李白のことですから、「招賢館」でじっと呼び出しを待つなどということはありませんでした。連日のように市街にでて、十二年前の記憶を頼りにあちこち尋ね歩きます。そんなある日、長安の東北の大寧坊《だいねいぼう》にある紫極宮《しきょくきゅう》で賀知章《がちしょう》に出会います。

◆賀知章の導きで玄宗皇帝と面会かなう

賀知章といえば、杜甫《とほ》が『飲中八仙歌《いんちゅうはっせんか》』で最初に取り上げた唐代きっての大酒のみです。李白はこののち長安で多くの知己を得ますが、私のみるところ、一番気が合った人物は賀知章ではなかったかと思われます。歳は四十歳以上離れていますが、ともに無類の大酒のみで、しかも道教に深く傾倒しているところなどが、李白と賀知章の共通点です。賀知章は当時、秘書監《ひしょかん》（宮中の文書や経典の管理係）をつとめていて、玄宗皇帝の信が篤く、いつでも皇帝に直接あって話ができる特権を持っていました。

李白は、賀知章に一日も早く皇帝に目通りが叶うよう依頼します。賀知章は李白の依頼を受け、さっそく皇帝にその旨伝えます。

李白と玄宗皇帝の面会は、長安城の東北の高台に建つ大明宮《たいめいきゅう》で行われたものと思われます。大明宮の正門である丹鳳門《たんほうもん》から中に入り、皇帝の待つ金鑾殿《きんらんでん》に向かいます。金鑾殿の下で李白が緊張しながらひざまずいて待つと、内侍の者の「李白上殿」の声が響き、白玉の階段を上ると、玉座に玄宗皇帝が座っています。二十四歳で故郷を離れて、諸国漫遊の旅に出たのも、今日この日のためであったのだと李白は自分自身に言い聞かせていたことでしょう。

玄宗皇帝からどんな言葉がかけられたか知る由もありませんが、この日から李白は翰林供奉《かんりんぐぶ》として翰林院《かんりんいん》への立ち入りが許されることになります。また同時に、李白が宮中で着る錦の袍を賜ります。李白は、この袍を生涯手放さず、この後長安を去り、流離《さすら》いの旅の途中、各地の有力者からの招宴に際して、この服を着て出席しています

玄宗皇帝との初の面会があってから、およそ一か月後、李白は玄宗皇帝の驪山《りざん》行きに従うよう命じられます。玄宗皇帝は、このころ政治に飽き、愛妃の楊貴妃《ようきひ》と長安郊外の驪山に行幸するのが一番の楽しみになっていました。楊貴妃が宮中の後宮入りした年齢は二十五歳。このとき玄宗皇帝は六十歳。歳の差は三十五歳もありましたが、恋は盲目、周囲の人にとっては一番迷惑な「老いらくの恋」の始まりです。

ここでこれまで楊貴妃と記述しましたが、彼女が正式に貴妃になったのは、天宝四載（七四五年）のことで、それまでは、玄宗皇帝が息子寿《じゅ》王の妃を自分の妃にしたことを隠すために、一時的に女道士にして太真《たいしん》という名を与えていました。なお、天宝三年から、「年」を「載」と改めるようになったことは前述しました。

驪山は長安の東、二十五キロにあり、長安の春明門《しゅんめいもん》を出て、長楽坡《ちょうらくは》を通り、車馬で約半日かかってたどり着きます。驪山の山中には長安宮《ちょうあんきゅう》が造営され、そのなかに白居易の『長恨歌《ちょうごんか》』で有名な

「長生殿《ちょうせいでん》」があります。長安宮を少し下ると、これも『長恨歌』で歌われた、楊貴妃が沐浴した華《か》清池《せいち》の温泉があり、この温泉は二千年も前から医療効果があるとされ、秦の始皇帝もこの温泉を利用したと伝わっています。ここでは楊貴妃が湯あみしたといわれる井戸が、現在でもそのまま残っていて、西安を訪れる観光客が、この井戸まで足をのばして参観に訪れています。

◆皇帝の求めに応じて作った詩の数々

宮廷詩人となった李白は、皇帝の求めに応じて即興で詩を賦すことが主な仕事でした。もちろん翰林院で身を正して皇帝のお呼びを待っているような李白ではありません。皇帝以外の貴人でも李白を招いて宴席に華を添えようと考える人がいれば、これに応じ、しこたま飲酒して詩を賦します。ある日、皇帝の兄の寧王《ねいおう》に招かれ、いつものように痛飲しているところに皇帝からのお呼びがかかります。自由人だったころは「我《われ》酔《よ》うて眠《ねむ》らんと欲《ほっ》す　卿《きみ》且《しば》らく去《さ》れ」(『山中にて幽人と対酌す』)と気ままにふるまうことができたのですが、宮廷詩人では、そんな勝手は許されません。どんなに酔っていても皇帝の前に出て、所望の詩を作らなければなりません。この日の玄宗皇帝のリクエストは、五言律詩を十首作れというものでした。

すでに大酒を飲み泥酔していた李白は、それでもたちどころに、皇帝の注文通り五言律詩を十首完成させました。十首のうち二首は失われ、現在残っているのは八首ですが、『宮中行楽詞』と題する、そのうちの二首を紹介します。

宮中行楽詞《きゅうちゅうこうらくし》　其《そ》の一

小小《しょうしょう》にして金屋《きんおく》に生《う》まれ
盈盈《えいえい》として紫微《しび》に在《あ》り
山花《さんか》　宝髻《ほうけい》に挿《さ》しはさみ
石竹《せきちく》　羅衣《らい》に繍《ぬいとり》す
深宮《しんきゅう》の裏《うち》より出《い》づる毎《ごと》に
常《つね》に歩輦《ほれん》に随《したが》って帰《かえ》る
只《た》だ愁《うれ》う歌舞《かぶ》の散《さん》じては
化《か》して綵雲《さいうん》と作《な》りて飛《と》ばんことを

宮中行楽詞　其一

小小生金屋
盈盈在紫微
山花挿宝髻
石竹繍羅衣
毎出深宮裏
常随歩輦帰
只愁歌舞散
化作綵雲飛

小さい時から黄金の御殿に住み
みずみずしい美しさで皇居にいらっしゃる
山の花を宝石で飾った髪の髻《もとどり》にさし
石竹《せきちく》（からなでしこ）の模様を薄絹の上着に刺繍して
奥の御殿から出てくるごとに
いつも歩輦が先導して帰る
心配事は楽しい歌舞が終わったら
美女たちが美しい色の雲になって
飛び去ってしまうのではないかということです

「紫微《しび》」は北極星の別名で、北極星は天を司る星であることから皇帝を意味し、ここでは皇帝のすみか、つまり皇居と解しています。「羅衣《らい》」は薄絹の上着、「歩輦《ほれん》」は手押し車のことです。

宮中行楽詞《きゅうちゅうこうらくし》　其《そ》の八

水《みず》は緑《みどり》なり　南薫殿《なんくんでん》
花《はな》は紅《くれない》なり　北闕楼《ほっけつろう》
鶯歌《おうか》　太液《たいえき》に聞《き》こえ
鳳吹《ほうすい》　瀛州《えいしゅう》を遶《めぐ》る
素女《そじょ》は　珠佩《しゅはい》を鳴《な》らし
天人《てんにん》は　綵毬《さいきゅう》を弄《ろう》す
今朝《こんちょう》　風日《ふうじつ》好《よ》し
宜《よろ》しく未央《びおう》に入《い》りて遊《あそ》ぶべし

南薫殿《なんくんでん》の池は緑したたる水の色
北闕楼《ほくけつろう》の庭の花は真っ赤に燃えている
太液池の周りでは鶯が鳴いている
鳳凰の形をした笙の音は瀛州《えいしゅう》の島をめぐっている

宮中行楽詞　其八

水緑南薫殿
花紅北闕楼
鶯歌聞太液
鳳吹遶瀛州
素女鳴珠佩
天人弄綵毬
今朝風日好
宜入未央遊

宮中の美女は真珠の飾りを鳴らしながら走り回り
天女たちは蹴鞠《けまり》をして遊ぶ
今日は風もおだやか　日の光もすばらしい
こんな日は未央宮で遊ぶのがいい

「未央《びおう》」は漢の宮殿の名前で、漢の高祖が長安に造営しました。白居易の有名な『長恨歌』が「漢皇色《かんこういろ》を重《おも》んじて傾国《けいこく》を思《おも》う」で始まるように、唐の時代の詩や文章は「唐」と直接書かずに「漢」と表すことが一般的でした。それは唐の政治の批判につながることを遠慮しての配慮であるだけでなく、唐と表記してもよさそうな場合でも漢と書くことがありました。中華民族は漢に親和性を持っていたからで、この例は、今でも漢詩、漢文、漢語などと使われています。

いずれにしろ、皇帝のお召によってつくる詩は、皇帝のご機嫌取りのための歌ですから、歯の浮くような美辞麗句が並びます。

「詩《し》は志《こころざし》の之《ゆ》く所《ところ》なり　心《こころ》に在《あ》るを志《こころざし》となし　言《げん》に発《はっ》するを詩《し》となす」は『文選《もんぜん》』にある言葉ですが、皇帝に対するおべんちゃらは、とうてい「志の之く所」とは言えないと思います。そのことは李白自身がよく知っていたはずです。李白が宮廷詩人となって足かけ三年でみやこの長安を離れた理由は、玄宗皇帝の側近のやっかみによる誹謗中傷を受けたこともありましたが、皇帝にこびへつらう自分に嫌気がさしたからではないでしょうか。また、李白が宮中で玄宗皇帝の求めに応じて作ったこれらの詩は、文学的にさほど高い評価も得ていません。この種の皇帝をほめそやす詩は、この二首と、もう一首、楊貴妃の美しさを称えた詩を紹介するにとどめます。なお、この詩はのちに李白が楊貴妃を踊り子出身の飛燕《ひえん》にたとえたことが彼女を貶めるものだと非難され、楊貴妃自身も李白を疎んじ、李白が長安を去る一因となった詩として有名です。

清平調詞《せいへいちょうし》　其《そ》の二

一枝《いっし》の紅艶《こうえん》　露《つゆ》　香《かお》りを凝《こ》らす
雲雨巫山《うんうふざん》　枉《むな》しく断腸《だんちょう》
借問《しゃくもん》す　漢宮《かんきゅう》誰《だれ》か似《に》るを得《え》たる
可憐《かれん》の飛燕《ひえん》　新粧《しんしょう》に倚《よ》る

清平調詞　其二

一枝紅艶露凝香
雲雨巫山枉断腸
借問漢宮誰得似
可憐飛燕倚新粧

一枝の牡丹の赤く艶やかな花の露に香りがあつまっている
雲となり雨となった巫山の夢は　ただ断腸の思いを募らせるだけだ
お尋ねするが　美人揃いの漢宮で誰が楊貴妃に似ているだろうか
多くの人の心をゆさぶった飛燕の化粧したてのときの姿が似ている

「清平調《せいへいちょう》」というのは、音楽の調子の名前です。宮廷の沈香亭《じんこうてい》で牡丹の花がきれいに咲いたので、皇帝が楊貴妃を連れて鑑賞に行ったときのことです。皇帝は、当代随一の美声の持ち主である李亀《りき》年《ねん》に「清平調」の歌を歌わせようとします。しかし、何度も聞いた歌詞では興ざめだから、今年は李白に詞を作らせようと、急遽、李白を召し出したのです。この日も李白は酔っぱらっていましたが、楊貴妃を間近に見ることができるとあって喜んで沈香亭に駆けつけ、作ったのが、この詞を含めて三首です。ここでは一番有名な第二首を紹介しました。

詞は歌謡曲の作詞と同じですから、伴奏に合わせて歌手によってうたわれることを前提につくります。

一般に、詩も吟《ぎん》じる、つまりうたわれることを考えての詩作で歌声が耳に心地良く響くように押韻や平仄の厳しい決まりが生じます。特に唐の詩は、この決まりが厳格化、定型化されています。

実は李白は、自作の詩を大声で吟じるのが大好きでした。もちろん李亀年《りきねん》には遠く及びませんが、自分の歌声は他人を十分楽しませることができるとの自信を持っていました。また李白が得意とした七言絶句は、当時、歌姫たちに好んでうたわれ、それが李白の名声を高めるのに大いに貢献したことも事実のようです。

日本の和歌も、節をつけてうたわれることがほとんどです。私は正月に皇居で行われる「歌会始」に参列したことがありますが、ここで披露される和歌も「発声《はっせい》」、「講頌《こうしょう》」と呼ばれる人々によって、朗々と歌い上げられていました。歌い手の声の良さによって、詩や詞のできもずいぶん違って聞こえるから不思議なものです。李亀年の声は天下一品だったのでしょう。なお、李亀年は、その後、「安史《あんし》の乱《らん》」によって人生が大きく変わり、長安を追われ放浪の旅を余儀なくされますが、晩年に江南の潭州《たんしゅう》（湖南省長沙）で杜甫と偶然に逢い、杜甫は『江南《こうなん》にて李亀年《りきねん》に逢《あ》う』の詩を残しています。

江南《こうなん》にて李亀年《りきねん》に逢《あ》う　杜甫

江南逢李亀年　杜甫

岐王《ぎおう》の宅裏《たくり》　尋常《じんじょう》に見《み》

岐王宅裏尋常見

崔九《さいきゅう》の堂前《どうぜん》　幾度《いくど》か聞《き》く
正《まさ》に是《こ》れ江南《こうなん》の好風景《こうふうけい》
落花《らっか》の時節《じせつ》　又君《またきみ》に逢《あ》う

崔九堂前幾度聞
正是江南好風景
落花時節又逢君

岐王殿の屋敷ではたびたびお見かけしました
崔九殿の座敷でも何度かあなたの歌声を聞きました
いまこうして江南の景色の美しい場所で
晩春　花が落ちる季節にあなたにまた会えるとは

「岐王《ぎおう》」は玄宗皇帝の弟、李範《りはん》のこと。「崔九《さいきゅう》」は中書令湜《しょく》の弟。二人とも開元十四年（七二六年）に没しています。ともに零落の身の杜甫と李亀年が、ここ江南の潭州《たんしゅう》で偶然会った懐かしさをうたっています。この江南を、長江下流の江蘇省を指すとする書物もありますが、唐の時代は長沙のあたりの長江中流の南が江南とよばれていたことがわかります。七言絶句の短い詩ですが、杜甫の李亀年に寄せる思いがよく伝わる見事な詩です。

◆長安でのくらしに疑問を持ち始めた李白

李白が玄宗皇帝に招かれ長安入りしたのは天宝元年（七四二年）秋のことで、やはり宮廷詩人は自分には向かないと悟り、長安を去るのは天宝三載（七四四年）春のことですから、李白が長安にいたのは足かけ三年、実際には一年半の時間でしかありませんでした。そのうち、最初の一年は玄宗皇帝の覚えもめでたく、楊貴妃との宴席にも侍《はべ》るなど、それなりに楽しいひと時を送ったと思われます。その他に、李白は長安の有名人でしたから、貴人からのお誘いも多かったはずです。もちろん、気の合った友人と飲み屋に行って、しこたま酒を飲んだこともあったでしょう。そして、こうした外出の用事がなかった時には、宮中の翰林院で読書に耽るなどして過ごしていたようです。その時に作った詩を紹介します。

翰林《かんりん》にて書《しょ》を読《よ》み懐《おも》いを言《い》いて
集賢《しゅうけん》の諸学士《しょがくし》に呈《てい》す

翰林読書言懐
呈集賢諸学士

晨に紫禁の中に趨むき
夕《ゆう》べに金門《きんもん》の詔《みことのり》を待《ま》つ
書《しょ》を観《み》て　遺帙《いちつ》を散《さん》じ
古《いにしえ》を探《さぐ》りて　至妙《しみょう》を窮《きわ》む
片言《へんげん》　苟《いやしく》も心《こころ》に会《あ》えば
巻《かん》を掩《おお》いて忽而《こつじ》として笑《わら》う
青蠅《せいよう》は　相点《あいてん》じ易《やす》く
白雪《はくせつ》は　同調《どうちょう》し難《がた》し
本《もと》もと是《こ》れ　疎散《そさん》の人《ひと》なれば
屡《しば》しば　褊促《へんそく》の誚《そし》りを貽《まね》く
雲天《うんてん》属《まさ》に晴朗《せいろう》
林壑《りんがく》に遊眺《ゆうちょう》せんことを憶《おも》う
或《ある》いは時《とき》に清風《せいふう》の来《き》たらば
閑《しずか》に欄下《らんか》に倚《よ》りて嘯《うそ》ぶかんに
厳光《げんこう》は桐盧渓《とうろけい》

晨趨紫禁中
夕待金門詔
観書散遺帙
探古窮至妙
片言苟会心
掩巻忽而笑
青蠅易相点
白雪難同調
本是疎散人
屡貽褊促誚
雲天属晴朗
林壑憶遊眺
或時清風来
閑倚欄下嘯
厳光桐盧渓

謝客《しゃかく》は臨海嶠《りんかいきょう》
功成《こうな》らば　人間《じんかん》を謝《さ》りて
此《こ》れ従《よ》り一《ひと》えに釣《つ》りに投《とう》ぜん

謝客臨海嶠
功成謝人間
従此一投釣

朝早くから御所に出かけて行って
夕暮れまで翰林院で陛下の詔をまつ
書を読み　巻物を開き
古くからの学問を勉強して　至福を味わう
ちょっとした言葉でも心に響けば
巻物を置いてにわかに笑みがこぼれる
讒言は人の口に広がりやすく
私のような人に媚びない性格の持ち主は仲間が少ない
もともと私は自由気ままな性格だから
心の狭い人の誹りにあう
天気がよければ

山や谷で楽しい時間を過ごすことを想像する
すがすがしい風が吹けば
心静かに欄干にもたれて詩を長く吟じたい
後漢の厳光《げんこう》は桐廬渓《とうろけい》に隠れ住み
謝霊運《しゃれいうん》は臨海《りんかい》の高くそびえる山に棲んだ
仕事で成功したら　憂《う》き世におさらばして
その後は釣り糸をたれて暮らしたい

五言古詩と分類される詩です。

「金門《きんもん》」は漢の時代に東方朔《とうほうさく》がいた場所で、唐代の翰林院にあたります。「遺帙《いちつ》」は貴重な巻物のこと。「遺帙《いちつ》を散《さん》じ」で巻物を開く意味です。「疎散《そさん》」は自由気ままなこと。「褊促《へんそく》」は心が狭く気が短いの意。「厳光《げんこう》」は後漢の隠者で、桐廬渓《とうろけい》（浙江省桐廬《とうろ》県にある川）に隠れ住みました。「謝客《しゃかく》」は南朝宋時代の詩人の謝霊運《しゃれいうん》をさし、「臨海嶠《りんかいきょう》」は浙江省臨海県に高くそびえる山のこと。「人間《じんかん》を謝《さ》りて」の「謝」は謝《あやま》るのほかに「去る」の意味があり、ここでは人の世つまり憂き世を去るの意味です。

この詩で私が注目するのは、最後の「功成《こうな》らば　人間《じんかん》を謝《さ》りて　此《こ》れ従《よ》り一《ひと》えに釣《つ》りに投《とう》ぜん」の句です。憂き世がいやだから、なるべく早く山に入って隠棲するのではなく、「功成らば……」つまり先ずは仕事で成功をおさめ、自分が十分納得してから隠棲しようと考えているのです。この生き方は、陶淵明などの隠棲の考え方とは違います。

◆版図のさらなる拡張をめざす唐帝国

手元の中国の歴史地図を開くと、唐の時代の版図がいかに広大であったかわかります。「世界帝国」といってもいい唐のみやこ長安は、現在の中華人民共和国の地図では、ずいぶん西に偏っていますが、唐の時代の版図では、ちょうど帝国の中心付近に位置していることがわかります。唐の高祖は東の太原で旗揚げし、西の長安に入った時、当然、気がかりだったのは北方、あるいは西方の遊牧民族の国家です。高祖から太宗、高宗、中宗と歴代皇帝にとっては、北方と西方の異民族をどうやって大唐帝国になびかせるかが外交、安全保障上の最大課題でした。北方、西方の遊牧民族は多くの国家に分裂していましたが、強大な力を持っていたのは、北方の「突厥《とっけつ》」と西方の「吐蕃《とばん》」でした。実は「突厥」は高祖が長安入りをする際に、屈強な騎馬軍団を派遣して、唐軍を支援してくれた事情がありました。しかし、「突厥」のうち、先ず「東突厥」が、次いで亀茲《きじ》（クチャ）を中心にした「西突厥」が、いずれも内紛を起こしたことを口実に唐軍に攻め滅ぼされてしまいます。亀茲の近くには漢民族の植民地国家の「高昌国」がありましたが、これも唐軍が攻め滅ぼし、西州として、安西都護府を設置し、やがてこの都護府も亀茲に置くことにしました。

一方の吐蕃は手ごわく、何度も唐軍と戦闘を繰り返していましたが、玄宗皇帝の天宝六載（七四七年）、安西副都護の高仙芝《こうせんし》はパミールを越え、連雲砦（サルハド）まで兵を進めました。高仙芝はその名前からわかるように朝鮮民族で、唐によって滅ぼされた高句麗の遺民でした。

◆戦地の夫を思う妻の気持ちに託した反戦の詩

唐の軍制は、はじめのうちは「府兵制《ふへいせい》」といって、一般良民を徴兵する仕組みでした。「府兵制」は徴兵逃れの「逃戸《とうこ》」と呼ばれる人々を生み、やがて傭兵による「募兵制」に替わりますが、それまでは各地の「折衝府《せっしょうふ》」、つまり徴兵事務所による厳しい徴兵がおこなわれていました。これらの徴用された兵士が向かう先は、北方や西方の異民族との戦地でした。

そんな庶民の苦しみを、李白は『子夜呉歌《しやごか》』の連作で表しています。

李白は『子夜呉歌』を春夏秋冬の四季に合わせて「子夜四時歌」として四首作詩しています。

子夜呉歌《しやごか》　其《そ》の一

秦《しん》の地《ち》　羅敷女《らふじょ》
桑《くわ》を採《と》る　緑水《りょくすい》の辺《ほとり》
素手《そしゅ》　青条《せいじょう》の上《うえ》
紅粧《こうしょう》　白日鮮《はくじつあざ》やかなり
蚕飢《かいこう》えて　妾去《しょうさ》らんと欲《ほっ》す
五馬《ごば》　留連《りゅうれん》する莫《なか》れ

秦の地に羅敷という名の美人がいた
緑水の辺で桑の葉を摘んでいた
白い手が青い葉の上に映えて
化粧した姿は昼間の日の光に鮮やかだ

子夜呉歌　其一

秦地羅敷女
採桑緑水辺
素手青条上
紅粧白日鮮
蚕飢妾欲去
五馬莫留連

（太守が彼女に言い寄ったが）蚕がおなかを空かせています
（太守の馬車の）五頭の馬を停めておかないで早く帰ってはいかが

「羅敷《らふ》」は『陌上桑《はくじょうそう》』という名の楽府にうたわれている美人の名前です。現代語訳で明らかなように、彼女が緑水のほとりで桑の葉を摘んでいると、通りかかった郡の太守が馬車を停めて、彼女に馬車に乗るように誘います。彼女は家で飼っている蚕がお腹をすかせているから、帰らなければなりませんと誘惑を拒絶します。春の歌ですから、明るくユーモアのある歌になっています。

子夜呉歌《しやごか》　其《そ》の二

鏡湖《きょうこ》　三百里《さんびゃくり》
菡萏《かんたん》　荷花《かか》を発《ひら》く
五月《ごがつ》　西施《せいし》　採《と》る
人《ひと》は看《み》て　若耶《じゃくや》を隘《せま》くする
舟《ふね》を回《めぐ》らして　月《つき》を待《ま》たず

子夜呉歌　其二

鏡湖三百里
菡萏発荷花
五月西施採
人看隘若耶
回舟不待月

帰《かえ》り去《さ》る　越王《えつおう》の家《いえ》

帰去越王家

鏡湖の周囲は三百里
ハスのつぼみが開きハスの花が咲く
五月になると西施がやってきてハスの実を摘む
その姿を一目見ようと見物人で若耶《じゃくや》の路が混み合う
西施は　月の出を待たずに舟を出して
越王のもとに帰ってしまう

この歌も中国三大美人のひとり、春秋時代の越の美女西施が鏡湖でハスの実を採っていると、一目彼女を見ようと、大勢が若耶渓に押し寄せ、道が通れなくなるほど混雑した夏の一日の情景を描写したものです。西施はそんな見物人をしり目に、越王が待つ宮殿に帰ってしまいます。

子夜呉歌《しやごか》　其《そ》の三

子夜呉歌　其三

長安《ちょうあん》　一片《いっぺん》の月《つき》
万戸《ばんこ》　衣《ころも》を擣《う》つ声《こえ》
秋風《しゅうふう》　吹《ふ》いて尽《つ》きず
総《すべ》て是《こ》れ　玉関《ぎょくかん》の情《じょう》
何《いず》れの日《ひ》にか　胡虜《こりょ》を平《たい》らげて
良人《りょうじん》　遠征《えんせい》を罷《や》めん

長安一片月
万戸擣衣声
秋風吹不尽
総是玉関情
何日平胡虜
良人罷遠征

長安の夜空に一片の月が輝いている
すべての家から砧《きぬた》を打つ音が聞こえてくる
秋風は繰り返し吹いている
月　砧を打つ音　秋風　これらはすべて玉門関《ぎょくもんかん》のあなたを思い起こさせる
いつになったらあなたは胡《えびす》を征伐して
遠い戦地から帰ってくることができるのか

「擣衣《とうい》」は、布をしなやかに、つやを出すため砧《きぬた》にのせて槌《つち》で打つことです。「玉関《ぎょくかん》」は玉門関のこと。唐の時代、西域の戦場に向かう軍勢は、この玉門関から出陣しました。「良人《りょうじん》」は妻が夫に対し親しみを込めて呼ぶときの呼称です。

この詩は、前の二首と異なり、戦場に夫を送り出し、秋の夜長を一人ぼっちで過ごす庶民の女性の気持ちをうたった詩になっています。目を閉じてこの詩を反芻していると、長安の夜、秋風に吹かれ晴れ上がった夜空に浮かぶ一片の月、そして街中に響く、砧を打つ槌音が聞こえてくるようです。

子夜呉歌《しやごか》　其《そ》の四

明朝《みょうちょう》　駅《えき》使発《しはっ》せん
一夜《いちや》　征袍《せいほう》に絮《じょ》す
素手《そしゅ》　針《はり》を抽《ひ》くこと冷《ひ》ややかに
那《な》んぞ剪刀《せんとう》を把《と》るに堪《た》えんや
裁縫《さいほう》して　遠道《えんどう》に寄《よ》す
幾日《いくにち》か　臨洮《りんとう》に到《いた》らん

子夜呉歌　其四

明朝駅使発
一夜絮征袍
素手抽針冷
那堪把剪刀
裁縫寄遠道
幾日到臨洮

明日の朝には駅から飛脚が発つので
徹夜してこの綿入れを縫わなければならない
針を持つ手は凍えるほど冷たい
剪刀《はさみ》を持つのも辛い
綿入れを仕上げて遠い地の夫に届けてもらう
夫のいる臨洮に届くのはいつのことやら

第三首に続く第四首では、「擣衣《とうい》」した布が出来上がり、この布を「征袍《せいほう》」、つまり出征した兵士が着る袍（綿入れ）に仕立て上げる場面が描かれています。凍える手で裁縫ははかどりませんが、明日の朝には戦地に物資を送る便が出発します。間に合わなければ、夫は戦地で寒さに震えることになります。徹夜してでも仕上げなければなりません。寂しさに堪えて、懸命に夫に送る袍を縫い続けるけなげな妻の姿が目に浮かびます。

李白が本当に伝えたかったのは、秋冬の二首にうたわれた庶民の声なき声だったと思います。

もう二首、遠く北方と西域に遠征した夫を待つ夫人の思いをうたった詩（楽府）を紹介します。

春《はる》の思《おも》い

燕《えん》の草《くさ》は　碧《あお》き糸《いと》の如《ごと》く
秦《しん》の桑《くわ》は　緑《みどり》の枝《えだ》を低《た》る
君《きみ》が帰《かえ》るを懐《おも》う日《ひ》に当《あ》たりて
是《こ》れ妾《しょう》が断腸《だんちょう》の時《とき》
春風《しゅんぷう》　相識《あいし》らず
何事《なにごと》ぞ　羅帷《らい》に入《い》る

あなたがいる燕の地の草はまだ碧い糸のようだ
私のいる秦の桑は緑濃く枝も垂れ下がっている
あなたが帰りたいと思っている日は
私にとっては腸がちぎれる思いをしている時
春の風はこの気持ちを知らないで
薄絹のカーテンをひいた私の部屋に吹いてくる

春思

燕草如碧糸
秦桑低緑枝
当君懐帰日
是妾断腸時
春風不相識
何事入羅帷

秋《あき》の思《おも》い

燕支《えんし》　黄葉《こうよう》落《お》ち
妾《しょう》は望《のぞ》む　白登台《はくとうだい》
海上《かいじょう》　碧雲《へきうん》断《た》え
単于《ぜんう》　秋色《しゅうしょく》来《き》たる
胡兵《こへい》　沙塞《ささい》に合《がっ》し
漢使《かんし》　玉関《ぎょくかん》より回《かえ》る
征客《せいかく》　帰《かえ》る日《ひ》無《な》し
空《むな》しく悲《かな》しむ　蕙草《けいそう》の摧《くだ》くるを

燕支の山の葉も落ちて
私は遠く白登山の高台を望んでいる
砂漠の湖には碧い雲も漂うことはない
単于の国から秋の気配が伝わってくる

秋思

燕支黄葉落
妾望白登台
海上碧雲断
単于秋色来
胡兵沙塞合
漢使玉関回
征客無帰日
空悲蕙草摧

胡《えびす》の軍隊は沙漠の要塞に集合した
漢の使者は玉門関から引き返した
遠征した夫が帰る日はいつまで待ってもこない
このままではかぐわしい草も枯れてしまう

『春の思い』の妻は長安の近くの秦の地にいて、夫は燕《えん》、つまり現在の北京の近く、北方の匈奴と向き合っています。

一方、『秋の思い』の夫人も長安にいると思われますが、夫は西域で異民族との戦いに駆り出されています。『春の思い』では妻のひとり寝の寂しさをうたい、『秋の思い』の、「空《むな》しく悲《かな》しむ蕙草《けいそう》の摧《くだ》くるを」の「蕙草《けいそう》」は香りのいい草の意味で、新妻であろう自分を例え悲しみを訴えています。夫がいつまでも帰ってこないと、私の美貌も衰えてしまう、と女性らしい表現が寂しさをいっそう誘います。

いずれも女性の視点から、外征のむなしさをうたっています。

◆李白、長安を去る決意を固める

李白は宮廷詩人としての仕事に飽きたというより、元々の李白の思いは宮廷詩人になることではなく、玄宗皇帝のお側近くに仕えて、政治全般に自分の意見を具申することだったと考えられます。しかし、皇帝は李白のそんな気持ちはわからずに、これまでの宮廷詩人になかった斬新な歌を作る人物として時々召し出しては、詩を作らせていたわけです。

そんな思いのある李白ですから、長安で直接見聞きする当時の唐の政治、とりわけ、高力士《こうりきし》や李林甫《りりんぽ》らの「君側《くんそく》の奸《かん》」のやり方に我慢がならなかったのです。もちろん、自由人としての李白の振る舞いが、皇帝の側近から疎《うと》まれ、皇帝の耳に李白の悪いうわさが届いていたことも事実でしょう。中でも一番問題になったのは、次のようなことがあったからと言われています。

ある日、玄宗皇帝からお呼びがかかったとき、李白はいつものように街の酒場で酔いつぶれていました。しかし、皇帝からのお召ですから参内しないわけには行かず、酔ったまま宮殿に上がります。玄宗皇帝の前では、汚れた靴は脱がなければなりませんが、とにかく酔っているので自分一人では靴が脱げずに、皇帝の側にいた宦官の高力士に靴を脱がせてもらいました。当時の高力士の権勢は宰相をもしのぐものがあり、高力士にものを頼む人は皇帝以外にはいなかったのです。突然、目の前に足を投げ出され、高力士は戸惑いながらも李白の靴を脱がせました。このことは早速、宮中全体が知るところとなりましたが、おさまらないのは高力士とその取り巻きの人々で、入れ替わり立ち替わり皇帝に李白の無礼ぶりを訴えます。

楊貴妃も李白に対しては終始、冷たい態度をとっていました。高力士に吹きこまれたからかも知れませんが、玄宗皇帝は三度、李白に官職を与えようとしますが、その都度、楊貴妃の拒絶に遭って、実現しませんでした。皇帝もこれらの度重なる誹謗中傷に影響され、いつの間にか李白を遠ざけるようになりました。

果たして李白は　天宝三載（七四四年）、足かけ三年暮らしたみやこ長安での生活に区切りをつけ、「山へ帰る」ことを玄宗皇帝に願い出ます。玄宗皇帝は、李白の申し出に翻意を求めることもなく、これを許します。李白がみやこを去る決意を固めたのは、この年の正月に、長安で幾度となく酒席を共にした賀知章《がちしょう》が、道士になることを理由に、会稽《かいけい》に去ることになり、彼を見送ったことも影響しているかもしれません。

李白は玄宗皇帝からの餞別を懐に、春三月、長安を去りますが、向かった洛陽で彼の来訪を待っていたのが杜甫です。

第六章……李白と杜甫

李白と杜甫は天宝三載（七四四年）五月、洛陽の地で出会いました。杜甫は玄宗皇帝の開元二十三年（七三五年）に進士の試験を受験しましたが、結果は不合格。その後、斉（山東省）や趙（河北省）に遊び、開元二十九年（七四一年）に妻の実家のある洛陽に帰っていました。妻は楊家の女《むすめ》で、妻の父も杜甫の才能を高く評価し、いつまでも洛陽にいるように勧めてくれたのです。

杜甫自身も義父の厚情に感謝しつつ、果たしてこのまま洛陽にいていいものだろうかと悩んでいる時期でした。

そんな折、あの高名な李白が洛陽に来ると聞いて、杜甫はぜひ会って、いろいろ話をしたいと思いました。

時の権力者である高力士《こうりきし》に靴を脱がせ、宮廷を去ったことですっかり有名になった李白は、洛陽でも彼のために歓迎の宴を開いてくれる有力者が大勢いました。そんな歓迎宴のひとつの案内状が杜甫にも届いたので早速、杜甫は会場に向かいました。すでに宴はたけなわで、大勢の人が李白を囲んで酒を飲み談笑している席に遅れて入ることになりました。

杜甫に気づいた李白は、名を尋ねます。

「杜二《とじ》です」（杜の家の次男です）と答えると、李白は彼に酒を勧めます。李白は目の前の十一歳年下の若い詩人の名前をすでに知っていて、やさしく接します。「さあ一杯ぐっと飲み干してください」と、手に持った酒の壺から杜甫の盃に酒をなみなみと注ぎます。杜甫は、高名な李白が自分を知っていてくれて、しかもこうして二人で酒を酌み交わしている、と感激で胸がいっぱいになってしまいました。この日から、爾後一年半にわたる李白と杜甫の濃厚な交流が始まります。

◆李白と杜甫、お互いがひかれた理由

「詩仙《しせん》」と称される李白と「詩聖《しせい》」と称される杜甫、唐代きっての二大詩人の出会いは、中国文学史上というより世界文学史上特筆すべき出来事といっても過言ではないと思われます。

二人の交流はその後の多くの人々によって語り継がれ、多くの書物も出版されていますが、出会った当初の杜甫の李白に対する思いは、李白の杜甫に対するそれよりもはるかに強いものであったと思われます。それもそのはず、李白は詩人としては超有名人で、一方、杜甫は官吏になろうと科挙の試験に挑戦する浪人生でした。杜甫の「片思い」とも思われる感情から二人の交流はスタートしました。もちろん李白も、自分を憧れのまなざしで見てくれる若者（といっても当時三十歳でした）を好ましく思ったことは確かです。

そうでなければ、二人の付き合いは、洛陽の数か月間で終わっていたはずですが、李白は、この

のち、山東や河北へ杜甫を連れて一緒に旅行します。旅は二人だけではなく、高適《こうせき》も加わっています。高適は、こののち安禄山の乱で蜀に逃れた玄宗皇帝に随行し、粛宗にも重用され、李白が幕閣に加わった永王の乱を討伐します。また、吐蕃との闘いに従軍し、辺境詩も作っています。

先日、中国から帰った友人が李白と高適の友情をテーマにした動画『長安三万里』のＤＶＤをお土産にくれたので楽しく鑑賞しましたが、最近の中国のアニメ技術の高さに驚かされました。

それはさておき、杜甫は李白と違って、名門の出身です。杜家は漢代までさかのぼることができ、もともとは長安郊外の杜曲《ときょく》の出身で、のちに湖北省の襄陽《じょうよう》に移り住み、曽祖父の時代に洛陽郊外の鞏県《きょうけん》に居住し、杜甫もこの地で生まれています。父は杜閑《とかん》という名で地方官を歴任し、最後は奉天《ほうてん》（陝西省咸陽市）の県令をつとめました。

杜甫に大きな影響を与えたのは、祖父の杜審言《としんげん》の存在です。杜審言は武則天の側に仕えた宮廷詩人でした。武則天の失脚にともない宮廷を追われ、審言の悪い評判もたったようです。もちろん、審言自身は強い正義感の持ち主でしたが、他人の意見に耳を貸さない片意地なところもあって、当時の官僚からは煙たい存在の傲慢な男との悪評を押し付けられていました。李白は、才能がありながら祖父の血を受け継いで、世に容れられない杜甫の姿を、宮廷生活になじめなかった自身に投影して、共感を抱いた面もあるのでしょう。

と同時に、性格も違う二人が長く友情を育んだ背景には何があったのでしょう。

李白と杜甫の共通性は、もちろん、お互いの詩の才能に対する高い評価があり、その上で、当時の貴族政治や宦官の専制政治に対して批判的な認識を持っていた点にあると考えられます。つまり李白と杜甫は、「開元の治」ののちの、唐の政治や社会に対する強烈な批判精神を共有した「同志」ともいえる間柄であったと思えてなりません。

もっとも、この点に関して、解放後の中国では、杜甫の当時の政治に対する批判は不十分であったとの指摘もあります。郭沫若《かくまつじゃく》は、その著『李白と杜甫』の中で、「杜甫は完全に支配階級、地主階級の立場に立っていた」、また「朝廷をそしるのを好まないのは杜甫の『忠』たるゆえんだろう」と書いています。

多くの中国人に読まれている『中国通史』第四冊の著者、范文瀾《はんぶんらん》は、『通史』の「盛唐の詩人」の項目で「杜甫は儒家の思想の大詩人で、儒家の思想は朝廷に対して絶対的な忠誠を誓い、これは李白とは根本的に異なる」と記しています。果たして、これらの評価をそのまま受け入れて、杜甫は当時の政治に対して無批判であったかといえば、それは違うと思います。たしかに安史の乱の際に賊軍に捕らえられ長安に連行された杜甫は、玄宗皇帝に替わって唐朝の皇帝となった粛宗《しゅくそう》のあとを追って、長安を脱出します。一方、李白はといえば、安禄山の反乱の知らせを受けるや、妻を連れて廬山に難を避けます。足かけ三年、李白は長安で玄宗皇帝の厚遇を得たのですから、玄宗皇帝のあとを追ってもよさそうなものですが、それはしません。

こうみると、杜甫が唐朝を思う心は李白のそれをはるかにしのいでいましたが、現実の政治の過程で引き起こされる民衆の悲惨さについては杜甫も、李白以上に憤りを感じていたといってもいいでしょう。

杜甫は李白と別れてのちの天宝十載（七五一年）、侵略戦争に駆り出される兵士の口をかり、当時の無益な戦争に反対する有名な詩（楽府）『兵車行《へいしゃこう》』を作っています。また、乾元二年（七五九年）ごろの作品と思われる『新安《しんあん》の吏《り》』、『潼関《とうかん》の吏《り》』、『石壕《せきごう》の吏《り》』などのいわゆる「社会詩」にみられる唐朝の政治、特に当時の対外拡張政策に対する批判はきわめて厳しいものであったといえます。

◆お互いに詩のやりとり

そんな李白と杜甫ですが、お互い、相手に贈った詩の数を数えると、李白から杜甫へは四首。一方、杜甫から李白へは十五首に及びます。李白が生涯に創作し現在に伝わる詩の数はおよそ一千首、杜甫のそれは千四百五十首あまりですから、このことから考えて、杜甫の李白に寄せる思いが強かったとの見方が成り立ちますが、郭沫若は『李白と杜甫』の中で、「それは皮相な見解である」と指摘しています。
ここで、詩の制作時は前後しますが、李白が杜甫に贈った詩、杜甫が李白に贈った詩、その代表的な詩をそれぞれ二首ずつ紹介します。

魯郡《ろぐん》の東石門《ひがしせきもん》にて杜二甫《とじほ》を送《おく》る

別《わか》れに酔《よ》うこと復《ま》た幾日《いくじつ》ぞ
登臨《とうりん》は池台《ちだい》に徧《あまね》し
何《いず》れの時《とき》にか石門《せきもん》の路《みち》にて
重《かさ》ねて金樽《きんそん》の開《ひら》くこと有《あ》らん
秋波《しゅうは》 泗水《しすい》に落《お》ち
海色《かいしょく》 徂徠《そらい》に明《あか》るし
飛蓬《ひほう》 各自《かくじ》 遠《とお》し
且《か》つ尽《つ》くせ 手中《しゅちゅう》の杯《はい》

魯郡東石門送杜二甫

酔別復幾日
登臨徧池台
何時石門路
重有金樽開
秋波落泗水
海色明徂徠
飛蓬各自遠
且尽手中杯

別れを惜しんで何日酔っぱらったことだろう
いくつもの池に臨み　多くの台に登ってみた
またいつか石門の路で
再び金の酒樽を開けることがあるだろう
秋の夕日が泗水に落ちて
青い空の色は徂徠山に映えている
これからは分かれて飛ぶ蓬《よもぎ》のようになるが
まずは手の中の一杯を尽くそう

「魯郡《ろぐん》」はいまの山東省滋陽《じよう》県、その東、山東省曲阜《きょくふ》の北に石門《せきもん》と呼ばれる名所があり、李白と杜甫はこの地で別れることとなり、何日間か酒席をともにして、いよいよ別れの時に李白が作った詩です。

「泗水《しすい》」は山東省を流れる川、「徂徠《そらい》」は山東省泰安《たいあん》県の東南にある山です。

沙丘城下《さきゅうじょうか》にて杜甫《とほ》に寄《よ》す

沙丘城下寄杜甫

我《われ》の来《き》たるは　竟《つい》に何事《なにごと》ぞ
高臥《こうが》す　沙丘《さきゅう》の城《まち》に
城《まち》の辺《はし》には　古樹《こじゅ》有《あ》り
日夕《にっせき》　秋声《しゅうせい》　連《つら》ぬ
魯《ろ》の酒《さけ》は　酔《よ》う可《べ》からず
斉《せい》の歌《うた》は　空《むな》しく復《ま》た情《じょう》
君《きみ》を思《おも》えば汶水《ぶんすい》の若《ごと》く
浩蕩《こうとう》　南征《なんせい》に寄《よ》す

我来竟何事
高臥沙丘城
城辺有古樹
日夕連秋声
魯酒不可酔
斉歌空復情
思君若汶水
浩蕩寄南征

私はこのまちに何をしにやってきたのだろうか
沙丘のまちでなすすべもなく隠れ住んでいるだけだ
まちのはずれには一本の古い樹がたっている
朝な夕なに秋風が吹きすさぶ
この地の酒を飲んでもちっとも酔わない
この地の歌を聞いても気持ちが募るばかりだ

君への思いは汶水の流れのようにつきることはない
南に流れる広い川に私の気持ちを託す

「沙丘《さきゅう》」は現在の山東省臨清《りんせい》市にあたり、石門で杜甫と別れた李白は、この地にしばらく滞在します。杜甫は長安に向かいますが、李白は夢破れて、その長安を去ってきたところです。「我《われ》の来《き》たるは　竟《つい》に何事《なにごと》ぞ」の表現で、ひとり茫然と沙丘のまちにたたずむ李白の胸の内がよくわかります。「魯《ろ》」も「斉《さい》」も、ともに古代の山東のことです。落ち込んだときは酒を飲んでも酔わないし、音楽を聴いても少しも気が晴れません。ストレートに杜甫と別れた後の淋しい気持ちを表現しています。

次は杜甫の李白を思う気持ちをうたった詩を紹介します。前述したように、杜甫が李白に贈った詩は十五首が現在に伝わっていますから、そのうちどの二首を選ぶか悩みましたが、やはりこの二首ということになりました。

春日李白を憶う《しゅんじつりはくをおもう》　杜甫

白《はく》や詩敵《してき》なく

春日憶李白　杜甫

白也詩無敵

飄然《ひょうぜん》として思《おも》い群《ぐん》ならず
清新《せいしん》なること庾開府《ゆかいふ》のごとく
俊逸《しゅんいつ》なること鮑参軍《ほうさんぐん》のごとし
渭北春天《いほくしゅんてん》の樹《じゅ》
江東日暮《こうとうにちぼ》の雲《くも》
何《いず》れの時《とき》か一樽《いっそん》の酒《さけ》
重《かさ》ねて与《とも》に細《こま》かに文《ぶん》を論《ろん》ぜん

飄然思不群
清新庾開府
俊逸鮑参軍
渭北春天樹
江東日暮雲
何時一樽酒
重与細論文

李白は詩の世界では相手になる者はいない
自由な詩想で比べる者もいない
新鮮な詩は庾信《ゆしん》に並び
あかぬけた詩風は鮑照《ほうしょう》に似ている
私はこの春の日渭水の北で一人あなたを憶っているが
あなたは江東の地で日暮れ時　あかね色の雲を見ていることだろう
いつの日にか一緒に酒樽をかこんで

詩や文章についてこころゆくまで語り合いたいものだ

石門で李白と別れた杜甫は長安に向かい、詩中に「渭北春天《いほくしゅんてん》」とありますから、この詩は長安で作られたものと考えられています。

庾開府《ゆかいふ》は、六世紀、南朝「梁《りょう》」の文人政治家、庾信《ゆしん》を指し、彼は「北周」に抑留され開府《かいふ》（大将軍の下の役職）の職を与えられたので庾開府と呼ばれています。鮑参軍《ほうさんぐん》は南朝「宋《そう》」の詩人の鮑《ほう》照《しょう》のことです。

杜甫の李白を思う詩をもう一首紹介します。

李白《りはく》を夢《ゆめ》む　杜甫

死別已《しべつすで》に声《こえ》を呑《の》む
生別常《せいべつつね》に惻惻《そくそく》たり
江南瘴癘《こうなんしょうれい》の地《ち》
逐客消息無《ちくかくしょうそくな》し

夢李白　杜甫

死別已呑声
生別常惻惻
江南瘴癘地
逐客無消息

故人《こじん》我《わ》が夢《ゆめ》に入《い》り
我《われ》の長《なが》く相《あ》い憶《おも》うを明《あき》らかにす
恐《おそ》らくは平生《へいぜい》の魂《たましい》に非《あら》ざらん
路遠《みちとお》くして測《はか》る可《べ》からず
魂来《たましいきた》たれば楓林《ふうりん》青《あお》く
魂帰《たましいかえ》れば関塞《かんさい》黒《くろ》し
君今羅網《きみいまらもう》に在《あ》り
何《なに》を以《もっ》て羽翼《うよく》有《あ》るや
落月屋梁《らくげつおくりょう》に満《み》つ
猶《な》お疑《うたが》う　顔色《がんしょく》を照《て》らすかと
水深《みずふか》くして波浪《はろう》闊《ひろ》し
蛟竜《こうりゅう》をして得《え》しむる無《な》かれ

死に別れはもとより声を呑むほどに悲しい
生き別れはいつも心が痛むもの

故人入我夢
明我長相憶
恐非平生魂
路遠不可測
魂来楓林青
魂帰関塞黒
君今在羅網
何以有羽翼
落月満屋梁
猶疑照顔色
水深波浪闊
無使蛟竜得

江南は悪い病気が流行る場所だ
放逐の李白の消息はない
その李白が夢に現れた
私がいつも李白のことを心配しているからだろう
李白の魂はいつものものではない
路が遠いのでたしかめるすべもないが
李白の魂が江南の地から来るときは楓の林も青々としているだろうが
彼の魂が帰るころはこの砦は黒々としているだろう
君は今とらわれの身だから
羽や翼はもぎとられている
沈みかかった月は屋根の梁を照らし
君の顔を照らしているかのようだ
君のいる地方の川は深く波も高いだろう
どうか蛟竜の餌食にならないでくれ

杜甫がこの詩を作ったのは、粛宗皇帝の乾元二年（七五九年）秋のことです。杜甫自身も地の果てと思われた秦州《しんしゅう》（甘粛省天水）に食べものを求めてやってきました。そこで李白が謀反の罪で夜郎の地に流刑に遇ったことを知り、この詩を作っています。李白は、この年の三月に夜郎に向かう途中、恩赦で江陵へ引き返しますが、杜甫はその事情を知らずに李白の流刑地での暮らしぶりを心配しています。

李白の生死もわからずに、居ても立ってもいられぬ気持ちでこの詩を作るのです。李白と杜甫が洛陽で会ってからすでに十八年も経っていますが、杜甫は心のなかでいつも李白の存在を気にかけていました。この時、李白は杜甫のことをどう思っていたのか、この頃の李白の杜甫を思う詩が無いことから、想像することは不可能です。

◆安禄山の乱で杜甫は生涯の傑作『春望』をのこす

話を李白と別れてからの杜甫に戻します。李白と別れた杜甫は長安に向かいます。杜甫はすでに開元二十三年（七三五年）、洛陽時代に二十四歳で科挙の試験に挑んで落第したことは記しました。長安に上って二年目の天宝六載（七四七年）、みやこでは学芸、詩作、音楽など一芸に秀でた者を登用するための試験が行われ、杜甫は高適《こうせき》らとともに受験しました。彼の詩作は李白をはじめ多くの詩人や知識人が高く評価していましたから、今度は試験に合格するだろうと期待していたところ、不合格の知らせが届きました。不満一杯の杜甫が知った試験の内幕は、宰相の李林甫《りりんぽ》が、玄宗皇帝に試験を実施したところ全員不合格だったと報告し、すでに数次にわたる玄宗皇帝の詔《みことのり》がいきわたり、全国の有為《ゆうい》の才能の持ち主はすべてみやこに集まり、もはや新規にとりたてなければならない人才はいないことを証明するための、いわば「やらせ」の試験であったことです。最初から人材を登用するための試験ではなく、全員を落とすための試験であったことがわかります。このことを知った杜甫は怒るというより、ここまで堕落した唐の政治に深い失望を感じることになります。

杜甫は、こののちおよそ十年間、長安で過ごすことになりますが、特に官職に就くわけでもなく、人生の大事な時間を空しく費やします。得られたものといえば、生涯の伴侶、楊氏との間に二人の男の子、宗文《そうぶん》と宗武《そうぶ》が生まれたことでしょう。

安禄山の反乱が起きたとき、杜甫は長安の東北にある奉先県で妻子とともに暮らしていました。反乱軍によって長安が陥落する直前に、今の延安の近くの鄜州《ふしゅう》に移り、ここに家族を置いて、自分は霊武《れいぶ》（現在の寧夏回族自治区銀川市）に逃れた粛宗のもとに駆けつけようとします。しかし、途中で賊軍に捕らえられ長安に連行され、約九か月拘束されます。このとき、作った詩が有名な『春《しゅん》望』です。「国破《くにやぶ》れて山河《さんが》在《あ》り　城春《しろはる》にして草木深《そうもくふか》し」で始まる五言律詩は、日本人が一番好きな漢詩として、今も詠み継がれています。

長安に連れ戻された杜甫は重要人物とはみなされなかったからでしょう、監視の目も緩やかで、長安脱出に成功します。そしてほどなく霊武《れいぶ》から鳳翔《ほうしょう》に行在所《あんざいしょ》を移した粛宗に合流します。杜甫は、この功績によって左拾遺《さしゅうい》にとりたてられます。念願の官職に就いたわけです。左拾遺は門下省に属していますが、皇帝の側に仕え「諫官《かんかん》」として皇帝に直接意見を言える大事な役職でした。しかし粛宗が杜甫の意見に耳を傾けた形跡はなく、長安での生活も一年足らずで，華州《かしゅう》（長安の東）に左遷されます。当時、華州一帯は大飢饉に見舞われ、杜甫は官職をなげうち、食糧を求めて家族とともに、甘粛省の秦州《しんしゅう》（天水）に向かって放浪の旅に出ます。前述したように、杜甫はこの地で李白が夜郎に流されたことを知り、『李白《りはく》を夢《ゆめ》む』を作ります。しかし、ここも大飢饉とあって、険しい蜀道を越え、成都につきます。乾元二年（七五九年）暮れのことで、杜甫はここで五十一歳の夏まで家族とともに比較的穏やかな日々を送ります。

李白が亡くなった時、杜甫はここ成都にいたはずですが、李白の死の知らせは杜甫には届かなかったと思われます。その後、杜甫は五十四歳で成都を離れ、放浪の旅に出ました。七七〇年、代宗の大暦五年、杜甫五十九歳の夏に、洞庭湖の南、湘江に浮かべた舟の中で人生の幕を閉じます。

◆遊び人で天才肌の李白と真面目で努力家の杜甫

ここであらためて、李白と杜甫の生き方の違い、性格の差異について考えてみます。「詩仙」といわれた李白の性格を四文字熟語で表せば、「自由奔放」、「天真爛漫」。一方、「詩聖」の杜甫は「謹厳実直」、「品行方正」ということになると思います。李白は縛られては生きられない人間で、自由に生きることが自身の人間性を解放する唯一の方法だったと思えます。他方、杜甫は「人間はかく生きるべき」との確固とした信念があり、その信念にもとづいて生きる努力を続けた人生でした。

二人の生き方の違いは特に、妻や子ども、家族との関係において際立っています。

李白は生涯四人の妻を持ち、四人以上の子どももいたはずです。しかし、生涯の大半を過ごした旅に妻や子どもを連れずに、ただ一人で放浪しています。杜甫は何よりも妻や子を大切にして、飢饉からの逃避行にも妻子を同道しています。もちろん、杜甫も一人で旅をしなければならないときもありましたが、旅先でもいつも妻子のことを気遣っていました。

もっとも李白は、天宝十四載（七五五年）、安禄山の乱がおきたとき金陵（南京）にいて、当時、河南の睢陽《すいよう》にいた妻をさそって一緒に廬山に乱を避けています。彼女は、李白の生涯で最後の妻の宗氏ですが、二十歳以上年齢差がある彼女は、李白が流刑地の夜郎に向かう際、弟と一緒に見送りに来ています。また李白が自由の身となった晩年、二人で再び廬山を訪れるなど、行動をともにする時間が比較的長かったように思われます。二度目の廬山訪問時に李白が彼女のために作った詩を、のちほど紹介します。妻に対する細やかな愛情表現がみられる詩です。

また、李白は子どもに対する思いも全くなかったわけではなく、このあと紹介する『東魯《とうろ》の二稚子《にちし》に寄《よ》す』は、子の成長を気に掛ける親の心情がよく描かれ、李白の気持ちを思うと、読む者の涙をさそいます。

それでも杜甫と比較して、李白の家族に寄せる思いが希薄だったことは事実で、その背景には李白が少年時代からあこがれた「任侠」の世界では、「弱きを助け強きをくじく」と言いながら、その実、弱い立場にある女性や子どもを犠牲にして、「男気《おとこぎ》」の世界に美を感じることがあったからではないだろうかと推測します。李白の弁明を聞きたいところです。きっと彼は「自分はいつも天下国家のことを第一に考えている。家族という『わたくし事』は、『天下の大事』の前に後回しにするのが大丈夫の姿だ」と強弁《きょうべん》するかもしれません。

つらつら考えると、二人は、磁石の北極と南極のように対極の存在であったのではないでしょうか。対極にあったからこそ、両者の引き合う力は強烈だったとも考えられます。いずれにしろ二人で一緒に酒を飲み、山東、華北と旅をして、詩作について語り合った日々は李白、杜甫にとってかけがえのない充実したときであったことは事実です。

column 万里こぼれ話

口に蜜、腹に剣

宰相の張九齢《ちょうきゅうれい》が、玄宗皇帝によって退けられると、その後任として玄宗皇帝に取り入ったのが李林甫《りりんぽ》でしたが、彼は物腰も柔らかく、宦官の高力士のような皇帝側近に取り入ることがたくみで、皇帝のイエスマンといえる存在でした。その反面、自分より賢人であるとみられる人物は排斥し、玄宗皇帝の目や耳を塞ごうとしました。夜中に偃月堂《えんげつどう》と名付けられた堂にこもって、何事か策略を巡らしたかと思うと、翌日には必ず、彼の手によって死罪を申し付けられる人物があとを絶たず、人々からは恐れられました。彼のこの手口を人々は「口に蜜、腹に剣」と例えたと、後の歴史書『資治通鑑《しじつがん》』が記しています。現代語では「口にチョコレート、心は冷蔵庫」などと言われることもあります。

第七章……李白漂泊の旅

これまでの李白の諸国漫遊の主な目的は、各地の有力者を訪ねて、皇帝への推挙を願うものでした。幾多の失敗ののちにその願いが叶い勇躍、長安に赴いた李白が見た長安の現実は彼を失望させるものでした。政治をないがしろにした玄宗皇帝の楊貴妃への溺愛、高力士や李林甫などの側近政治の腐敗、そして無謀な遠征などなど……。

夢破れた李白は、長安を離れて再び放浪の旅に出ますが、今回の旅の目的は、果たして何であったのでしょうか？　李白は人並外れて好奇心の強い人物でしたから、新しい友人や見たこともない風景に出会い傷心を癒すことも目的のひとつであったと考えられます。しかし、玄宗皇帝からの餞別もすでに山東の旅で尽き、厳しい生活を余儀なくされていた李白にとってその後の旅は、生活のため、生きるための旅であったとも思われます。ついこの間まで宮廷詩人であった有名人、李白にとって旅は、自分を歓待して、別れる際には何がしかの餞別をくれる各地の有力者を回る、いわば「興行の旅」であったといえるのではないでしょうか。しかし、同時に李白は、自分の生き方の中で宮廷詩人としての夢は果たしたものの、それだけでは満足できない、もう一つの夢、青年時代から考えていた政治家として世のため人々の役に立ちたいとの希望を実現する目的を持って旅をしていたのだろうと思えてなりません。

◆政治家への夢捨てきれず金陵、丹陽、呉都、越中の旅へ

揚州についた李白は、二十年以上前の同地の訪問を思い出します。「あのときは、まだ二十六歳だった。前途は不確かだったが、希望に燃えていた。それが今、自分は四十七歳。人生も半ばを過ぎ、すでに老境に達しているといってもいい。自分はこのまま朽ちていくのだろうか？」

そんな不安が彼を襲っていたことでしょう。揚州ののち李白は再び金陵《きんりょう》（南京）へ行き、そこから丹陽《たんよう》（江蘇省鎮江市）、呉都《ごと》（蘇州）、越中《えっちゅう》（浙江省）と旅を続けます。この辺りは紀元前五世紀、春秋時代の呉国の国王夫差《ふさ》と越王勾践《こうせん》の呉越の戦いで有名な土地です。歴史的な名勝旧跡にはこと欠きません。これらの名勝旧跡を回って、李白は次の二つの七言絶句をものにします。

蘇台覧古《そだいらんこ》

旧苑《きゅうえん》　荒台《こうだい》　楊柳新《ようりゅうあら》たなり
菱歌《りょうか》の清唱《せいしょう》　春《はる》に勝《た》えず

蘇台覧古

旧苑荒台楊柳新
菱歌清唱不勝春

只今惟《ただいまただ》有《あ》り　西江《せいこう》の月《つき》
曾《かつ》て照《て》らす　呉王宮裏《ごおうきゅうり》の人《ひと》

昔の宮廷の庭の荒れた高台に楊柳が新しい
菱の実を採りながらうたう歌声が春を感じさせてやるせない
いまはただ西の江《かわ》の上に月があるだけだが
かつては呉王の宮殿の美人を照らしたことだろう

越中覧古《えっちゅうらんこ》

越王勾践《えつおうこうせん》　呉《ご》を破《やぶ》って帰《かえ》る
義士《ぎし》　家《いえ》に還《かえ》りて尽《ことごと》く錦衣《きんい》
宮女《きゅうじょ》は花《はな》の如《ごと》く　春殿《しゅんでん》に満《み》つ
只今惟《ただいまただ》だ鷓鴣《しゃこ》の飛《と》ぶ有《あ》るのみ

只今惟有西江月
曾照呉王宮裏人

越中覧古

越王勾践破呉帰
義士還家尽錦衣
宮女如花満春殿
只今惟有鷓鴣飛

越王の勾践は苦心の末　呉を破って凱旋した
これに付き従った忠義の士もみんな錦《にしき》を着て故郷に帰った
宮廷の女性たちは花のように御殿に集った
しかしいまはただ鷓鴣《しゃこ》が甲高い声で啼きながら飛んでいるだけだ

「覧古《らんこ》」とは、旧跡を訪ねて昔をしのぶことです。「鷓鴣《しゃこ》」は、越の国に棲む鳥で鶉《うずら》に似ていますが、一回り大きい鳥で悲しい声で啼くといいます。呉と越の戦いは、「呉越同舟《ごえつどうしゅう》」、「臥薪嘗胆《がしんしょうたん》」、「会稽《かいけい》の恥《はじ》を雪《そそ》ぐ」など多くの成語を残しています。呉越の名勝旧跡は、李白の詩心を大いに揺さぶったはずです。

この旅の途中で李白は、長安で幾度となく盃をかわした賀知章《がちしょう》の死を知ります。彼は高宗の顕慶《けんけい》四年（六五九年）の生まれですから、享年八十五。当時の人の寿命から考えると十分長生きですが、長安で気を許した飲酒仲間の死に李白は深い悲しみを覚えます。

李白は早速、彼の死を悼む詩を作ります。

酒《さけ》に対《たい》して賀監《がかん》を憶《おも》う　其《そ》の一

四明《しめい》に狂客《きょうかく》有《あ》り
風流《ふうりゅう》の賀季真《がきしん》
長安《ちょうあん》に一《ひと》たび相見《あいみ》て
我《われ》を謫仙人《たくせんにん》と呼《よ》ぶ
昔《むかし》は杯中《はいちゅう》の物《もの》を好《この》み
今《いま》は松下《しょうか》の塵《ちり》と為《な》る
金亀《きんき》　酒《さけ》に換《か》えし処《ところ》
却《かえ》って憶《おも》うて　涙《なみだ》　巾《きん》を沾《うる》おす

対酒憶賀監　其一

四明有狂客
風流賀季真
長安一相見
呼我謫仙人
昔好杯中物
今為松下塵
金亀換酒処
却憶涙沾巾

会稽の四明の山中にスーパースターがいた
世俗を超えた賀季真だ
長安で初めてお目にかかったとき
君は「謫仙人」（天上から人の世に流された仙人）だといわれた

かつては酒をこよなく好み
今は松の木の下の塵になってしまった
腰につるした金の亀の勲章を酒に換えてきたことがあった
そのことを憶うと　涙があふれて手ぬぐいがぬれる

「謫仙人《たくせんにん》」は李白の別名にもなっています。「謫仙人」の「謫《たく》」は罪をきせて罰する意味ですから、正確には天上で罪を着せられ人間界に追い落された仙人です。何の罪かははっきりしませんが、きっと大酒を飲んで過ちを犯して天上界を追放になったのでしょう。賀知章《がちしょう》がつけたこの名を李白自身はいたく気に入って、たびたび使っています。「杯中《はいちゅう》の物《もの》」とは、李白が尊敬する陶淵明が『子《こ》を責《せ》む』の詩のなかで使った言葉で、酒のことです。

長安時代の李白が真っ先に知り合い、こころをゆるしてともに酒を酌み交わしたのは賀知章であった、と前述しましたが、仲のいい親子のような関係だった賀知章の死は、失意の旅の途中で、ただでさえ沈みがちだった李白をさらに深い悲しみにさそったことでしょう。

◆子どもと妻への李白の愛情表現

そんな心境だったからでしょうか。李白は、東魯《とうろ》（山東省済寧）に残してきた二人の子どものことが気になりました。杜甫が諸国をさすらう旅に家族を同道したのと対照的に、旅への同道はおろか、家族をほとんど顧みないで旅にあけくれた李白も、時には家族を想うこともあったのでしょう。ここでは子どもを想う李白の心情が正直に語られた次の詩を紹介します。

東魯《とうろ》の二稚子《にちし》に寄《よ》す

呉《ご》の地《ち》は桑《くわ》の葉《は》　緑《みどり》に
呉《ご》の蚕《かいこ》　已《すで》に三眠《さんみん》
我《わ》が家《いえ》　東魯《とうろ》に寄《よ》す
誰《だれ》か種《う》うる　亀陰《きいん》の田《た》
春事《しゅんじ》　已《すで》に及《およ》ばざらん
江行《こうこう》　復《ま》た茫然《ぼうぜん》

寄東魯二稚子

呉地桑葉緑
呉蚕已三眠
我家寄東魯
誰種亀陰田
春事已不及
江行復茫然

南風《なんぷう》　帰心《きしん》を吹《ふ》き
飛《と》びて堕《お》つ　酒楼《しゅろう》の前《まえ》
楼東《ろうとう》　一株《いちかぶ》の桃《もも》
枝葉《しよう》　青煙《せいえん》を払《はら》う
此《こ》の樹《き》　我《わ》が種《う》うる所《ところ》
別《わか》れて来《こ》のかた三年《さんねん》ならんとす
桃《もも》は今《いま》　楼《ろう》と斉《ひと》しく
我《わ》が行《こう》　尚《な》お未《いま》だ旋《かえ》らず
嬌女《きょうじょ》　字《あざな》は平陽《へいよう》
花《はな》を折《お》って　桃辺《とうへん》に倚《よ》る
花《はな》を折《お》って　我《われ》を見《み》ず
涙下《なみだくだ》って　流泉《りゅうせん》の如《ごと》し
小児《しょうじ》　名《な》は伯禽《はくきん》
姉《あね》と亦《ま》た肩《かた》を斉《ひと》しくす
双《なら》び行《ゆ》く　桃樹《とうじゅ》の下《もと》

南風吹帰心
飛堕酒楼前
楼東一株桃
枝葉払青煙
此樹我所種
別来向三年
桃今与楼斉
我行尚未旋
嬌女字平陽
折花倚桃辺
折花不見我
涙下如流泉
小児名伯禽
与姉亦斉肩
双行桃樹下

背《せ》を撫《ぶ》して　復《ま》た誰《だれ》か憐《あわ》れまん
此《こ》れを念《おも》うて　次第《しだい》を失《しっ》し
肝腸《かんちょう》　日《ひ》　憂《うれ》いに煎《に》らる
素《しろぎぬ》を裂《さ》きて　遠意《えんい》を写《うつ》し
之《これ》を汶陽川《ぶんようせん》に因《たく》す

撫背復誰憐
念此失次第
肝腸日憂煎
裂素写遠意
因之汶陽川

私のいる呉の地は　桑の葉が緑あざやかに茂っている
ここでは蚕が　すでに三回眠りについた
私は家族を東魯に残して旅にでたが
亀山の北の田は誰が耕しているのだろう
春の田んぼの仕事は　もう間に合わない
江《かわ》の旅をしている私は東魯の家族を思い出し茫然となる
南風が吹いて　家に帰りたいこころを運んでゆく
その心が飛んで行く先は　いつもの酒楼の前だ
酒楼の東に一本の桃の木がある

枝葉の上に青いもやがかかっている
この木は私が種《う》えた木だ
この地を離れて三年になる
桃はいまや　酒楼の高さと同じくらいに育っている
私の旅はまだ終わらない
可愛いわが子　その名は平陽
花の枝を折って　桃の木に寄りかかっている
花の枝を折っても　私を見ることはない
父親のいない寂しさから涙を流す
男の子の名前は伯禽
姉と同じ背丈になった
二人で並んで桃の木の下を歩いている
二人の背を撫でて誰が可愛がってくれるのだろう
子どものことを想うとこころがみだれ
肝臓も腸も毎日　憂いによって煮えくり返る

しろぎぬを裂いて　遠くにいる私の気持ちを書き記し
故郷の汶陽川にたくして子どものもとに届けてもらおう

この詩では、李白の二人の子どもの名前は、上の女の子は平陽《へいよう》、下の男の子は伯禽《はくきん》であることがわかりますが、はっきりしないのは、二人の子どもを産んだ母親です。

李白は生涯四人の妻をめとっていると伝わっています。最初の妻が安陸《あんりく》の許氏、二番目の妻が南《なん》陵《りょう》の劉氏、そして四人目の妻は宗氏と、三人の妻の実家はわかっています。ここで妻の実家と書きましたが、当時の中国では、一般の女性には男性のように世間に伝わる名前はなく、どの家の女《むすめ》と呼ばれるのが普通でしたから、妻の実家の氏《し》で呼ぶことになります。三番目の妻は実家の氏さえもわかっていません。この妻が、おそらく東魯の二稚子を産んだ母だと思われます。李白は長安を去り、洛陽で杜甫と出会い、その後、魯郡の石門で杜甫と別れたのちしばらく魯（山東省）に滞在していたことはわかっています。このとき、李白は一人の女性と出会い、結婚し、子どもをもうけていたのでしょう。その子どもが平陽であり、伯禽であると考えるのが妥当です。李白は、最初の妻、許氏との間にも子ども（おそらく男女二人）がいて、南陵《なんりょう》で、この子どもと別れて長安に上がっていますから、この詩を作った時点で四人以上の子どもの父親だったはずです。南陵で別れた子どものことは、その後、詩にもうたっていません。どうなったのでしょうか。
李白は妻や子どもに対する関心の薄い人物であったことは、前述したとおりですが、元参議院議員の野末陳平《のずえちんぺい》先生は、著書『四十歳になったら読みたい　李白と杜甫』の中で、「（李白は）家族とのつき合いが苦手だったのだろう」と書いています。家族に対する愛情は変わらなくても、愛情表現の苦手な人もいるものです。李白は子どもに対する愛情をうたったこの詩のほかに、妻に対しても数首の詩を残しています。その中で一番有名なのが次の詩でしょう。

内《つま》に贈《おく》る
三百六十日《さんびゃくろくじゅうにち》
日日《ひび》　酔《よ》うて泥《どろ》の如《ごと》し
李白《りはく》の婦《つま》為《た》ると雖《いえど》も
何《なん》ぞ異《こと》ならん　太常《たいじょう》の妻《つま》に

贈内
三百六十日
日日酔如泥
雖為李白婦
何異太常妻

一年三百六十日

毎日　泥のように酔っぱらっている
李白の妻といっても
夫に顧みられなかった太常の奥さんと何ら変わらない

旧暦（太陰暦）では一か月は三十日で、一年は十二か月でしたから、一年は三百六十日ということになります。ただし、実際の満月から満月までの間は正確には二十九・五日ですから、一か月は二十九日と三十日の両方があり、さらにこれが一年になると三百五十四日となる計算で、太陽暦より十一日不足します。そこで登場するのが「閏月《うるうつき》」です。太陰暦では、およそ三年経つと三十日足りなくなりますから、その時点で閏月を設けます。この閏月は、年の最後に付け加えるのではなくて、「閏三月《うるうさんがつ》」、「閏十一月《うるうじゅういちがつ》」といった形で年の途中に入ります。

太常《たいじょう》の妻の故事は、後漢の周沢《しゅうたく》が太常、つまり宮中で皇帝の祖先を祭る役職についたとき、毎日のように禊《みそぎ》をして宮中の宗廟に仕えていました。ある日、周沢が病気になったのを心配して、妻が宗廟に周沢の見舞いに行ったところ、彼は物忌みがけがされたと、怒って妻を追い返しただけでなく監獄に入れたとの話が伝わっています。このことから太常の妻は、一年を通じて全く夫にかまってもらえない可哀そうな妻という意味になります。

李白はこの故事をふまえて、自分も毎日のように泥酔して、妻をかまってやれないから、私の妻も太常の妻と何ら変わることがない、と照れ隠しにおどけているのです。

◆酒でも消えない深い愁いの詩

このの ち、李白は唐王朝を揺るがす安史の乱によって再び宮廷内の争いに翻弄されるまでの十年近くの歳月は金陵《きんりょう》（南京）を中心に、相変わらず各地を放浪しながらではありますが、比較的落ち着いたときを過ごしています。各地を旅しながら友人と酒を酌み交わし、名勝旧跡を訪ねて多くの詩も残しています。

最初に紹介するのは、『金陵《きんりょう》の鳳凰台《ほうおうだい》に登《のぼ》る』と題する詩です。

金陵《きんりょう》の鳳凰台《ほうおうだい》に登《のぼ》る　　**登金陵鳳凰台**

鳳凰台上《ほうおうだいじょう》に　鳳凰《ほうおう》遊《あそ》びしに　　**鳳凰台上鳳凰遊**

鳳《ほう》去《さ》り台空《だいむな》しくして　江《こう》自《おのず》から流《なが》る
呉宮《ごきゅう》の花草《かそう》は　幽径《ゆうけい》に埋《うず》み
晋代《しんだい》の衣冠《いかん》は　古丘《こきゅう》を成《な》す
三山半《さんざんなか》ば落《お》つ　青天《せいてん》の外《そと》
二水中分《にすいちゅうぶん》す　白鷺洲《はくろしゅう》
総《すべ》て浮雲《ふうん》の能《よ》く日《ひ》を蔽《おお》うが為《ため》に
長安《ちょうあん》見《み》えず　人《ひと》をして愁《うれ》えしむ

鳳去台空江自流
呉宮花草埋幽径
晋代衣冠成古丘
三山半落青天外
二水中分白鷺洲
総為浮雲能蔽日
長安不見使人愁

その昔　鳳凰台には　鳳凰が遊びにきていたという
いまや鳳凰は飛び去り高台だけが残り　長江がただ流れている
呉《ご》の孫権《そんけん》の花園の草花は　今や隅の径《こみち》に埋もれている
晋の時代に豪華な衣や冠を着けた人々は　今や古い丘の土となっている
郊外の三つの山は　青天に向かって　半分落ちかかっているようだ
長江の水は白鷺洲で二つに分かれている
浮雲が日の光を蔽っているから

みやこの長安はここからは見えず　暗い気持ちにさせられる

「鳳凰台《ほうおうだい》」はその昔、金陵の西南の山に五色の鳥が舞い降りて群がっていたとの言い伝えがあり、人々はこの山の見晴らしのいい場所を「鳳凰台」と名付け、そこに集まる珍しい鳥を眺めていました。今は、その鳥も飛び立ってしまって、誰もこの地を訪れる人はいません。その場所に李白はひとり佇んでいます。

七言律詩の最後の二句、「総《すべ》て浮雲《ふうん》の能《よ》く日《ひ》を蔽《おお》うが為《ため》に　長安見《ちょうあんみ》えず　人《ひと》をして愁《うれ》えしむ」は、李白の当時の心象をみごとに描いています。金陵と長安は遠く隔たっていますから、浮雲が日を遮ることがなくても長安を眺望することはできないのですが、かつて長安で宮廷詩人として活躍した李白にとっては、気分が高揚していれば、この地から長安が見えたのかも知れません。しかし、いまは決してそんな気持ちにはなれないのです。

もうひとつ、李白が自身の深い愁いをうたった詩があります。

宣州謝朓楼《せんしゅうしゃちょうろう》にて校書叔雲《こうしょしゅくうん》に餞別《せんべつ》す

宣州謝朓楼餞別校書叔雲

我《われ》を棄《す》てて去《さ》る者《もの》は
昨日《きのう》の日《ひ》　留《とど》む可《べ》からず
我《わ》が心《こころ》を乱《みだ》す者《もの》は
今日《きょう》の日《ひ》　煩憂《はんゆう》多《おお》し
長風万里《ちょうふうばんり》　秋雁《しゅうがん》を送《おく》る
此《こ》れに対《たい》して以《もっ》て高楼《こうろう》に酣《たけなわ》なる可《べ》し
蓬莱《ほうらい》の文章《ぶんしょう》　建安《けんあん》の骨《ほね》
中間《ちゅうかん》の小謝《しょうしゃ》　又《また》　清発《せいはつ》
倶《とも》に逸興《いっきょう》を懐《いだ》きて　壮思《そうし》飛《と》ぶ
青天《せいてん》に上《のぼ》りて　明月《めいげつ》を覧《み》んと欲《ほっ》す
刀《かたな》を抽《ぬ》きて水《みず》を断《た》てば　水更《みずさら》に流《なが》れ
杯《さかずき》を挙《あ》げて愁《うれ》いを消《け》せば　愁《うれ》い更《さら》に愁《うりょ》う
人生《じんせい》　世《よ》に在《あ》りて意《い》に称《かな》わざれば
明朝《みょうちょう》　散髪《さんぱつ》して　扁舟《へんしゅう》を弄《ろう》せん

棄我去者
昨日之日不可留
乱我心者
今日之日多煩憂
長風万里送秋雁
対此可以酣高楼
蓬莱文章建安骨
中間小謝又清発
倶懐逸興壮思飛
欲上青天覧明月
抽刀断水水更流
挙杯消愁愁更愁
人生在世不称意
明朝散髪弄扁舟

私を捨てて去って行った人は
昨日という日と同じことで　いまさら取り戻すことはできない
いま私の心を乱す者は
今日この日と同じで　いらだちは募り憂いが増す
万里のはるかかなたから吹く風は秋の雁をおくり届けてくれる
この秋風に吹かれながら　高楼で大いに酒を飲もうではないか
漢代の文学や建安の御代の詩の風格
そしてその間の謝朓の詩も気が利いている
みんな世俗を超えた風雅の趣で意気盛んな思いを述べた
青天に上って明るい月を見ようとした
刀を抜いて水を切ろうとしても　水はさらに流れるだけ
杯を挙げて愁いを消そうとしても　愁いは増すだけ
この世の中で人生は思うようにはならない
それなら明日の朝　髪をほどいて小さな舟に乗ってさまようことにしよう

この詩の後半の二句、「刀《かたな》を抽《ぬ》きて水《みず》を断《た》てば　水《みず》更《さら》に流《なが》れ」「杯《さかずき》を挙《あ》げて愁《うれ》いを消《け》せば　愁《うれ》い更《さら》に愁《うりょ》う」は特に有名です。ここではこの詩のタイトルを一般に伝わっている『宣州《せんしゅう》の謝朓楼《しゃちょうろう》にて校書叔雲《こうしょしゅくうん》に餞別《せんべつ》す』としていますが、一説に『侍御《じぎょう》叔華《しゅくか》に陪《つきそ》い楼《ろう》に登《のぼ》る歌《うた》』とするものもあります。謝朓楼《しゃちょうろう》は、南斉の詩人であり政治家でもあった謝朓が宣州の長官だったときに建てた楼で、問題はこの楼に李白と一緒に登ったのは誰かということです。そのひとりは校書叔雲《こうしょしゅくうん》、つまり宮廷で図書管理の仕事を行っている李雲だということになり、他方は官吏の監察官だった李華《りか》ではなかったかということです。叔雲、叔華の「叔」の字は叔父《おじ》ということですが、李白は実際には血がつながった叔父でなくても、姓が李である人物には「叔」を多用して馴れ馴れしさを演出しています。

実は、李白には『校書叔雲《こうしょしゅくうん》に餞《はなむけ》す』と題する詩が別にあり、この詩の季節は春となっていて、一方、この詩が秋の作品であることは明らかなので、同じ人物に春と秋に別れの歌を二首つくるのは不自然だとの理由で、現在では『侍御《じぎょ》叔華《しゅくか》に陪《つきそ》い楼《ろう》に登《のぼ》る歌《うた》』の説が有力になっています。

しかし、この詩を鑑賞するには、詩題はさして重要ではなく、私たちは詩を通じて作者が抱えている深い愁いや苦悶を感じ取ることができればいいのです。「ネアカ」といわれた李白ですが、特に長安を離れてから深刻な苦悩を抱えた時期が多く、その気持ちをストレートに表現した詩です。

なお、この詩は「古詩雑言体《こしざつごんたい》」と分類され、詩の途中で韻が変化する「換韻」となっています。
宣州は今の安徽省宣城市のあたりを指します。

◆隠逸の士、汪倫との楽しい交流

もちろんネアカの李白は、この時期、各地の友人、知人を訪ねて楽しい酒を飲み、別れに際して陽気な詩を作っています。

汪倫《おうりん》に贈《おく》る

李白《りはく》　舟《ふね》に乗《の》って将《まさ》に行《ゆ》かんと欲《ほっ》し
忽《たちま》ち聞《き》く　岸上《がんじょう》　踏歌《とうか》の声《こえ》
桃花潭水《とうかたんすい》　深《ふか》さ　千尺《せんじゃく》なれど
及《およ》ばず　汪倫《おうりん》の我《われ》を送《おく》るの情《じょう》に

贈汪倫

李白乗舟将欲行
忽聞岸上踏歌声
桃花潭水深千尺
不及汪倫送我情

李白が舟に乗ってまさに岸を離れようとするとき
突然聞こえてきたのが岸で足を踏み鳴らしながら歌をうたう声
桃花潭は深さが千尺もあるそうだが
汪倫が私を送る情けはもっと深いものがある

汪倫《おうりん》は現在の安徽省涇県《あんきしょうけいけん》に住む隠逸の士で、以前は県の役人であった彼が、詩文を好み、李白を度々招いて宴会を催していました。村の付近には桃花潭と呼ばれる淵があり、春には桃の花が咲き誇る名勝の地でした。李白は彼の家に何日か逗留して、いよいよ帰ろうと舟に乗り込んだとき、村人が総出で、手をつなぎ、足踏みをしてその地方の民謡を歌い李白を送ってくれました。その光景をそのままうたった七言絶句です。李白の絶句の傑作のひとつとして、多くの人に歌い継がれ、汪倫はその名を後世に残すことになりました。

「開元の治」とうたわれた玄宗皇帝の治世も天宝年間に入ると、変化が生じます。天宝四載（七四五年）、李白四十五歳の夏、楊太真《ようたいしん》が正式に貴妃に冊立《さくりつ》されると同時に一族が高官に任ぜられ、玄宗皇帝の関心は民百姓の生活より楊貴妃との遊興に向けられます。また天宝七載（七四八年）には、宦官の高力士が驃騎大将軍《ひょうきだいしょうぐん》の称号を与えられます。この年の春には王昌齢《おうしょうれい》が黔中《けんちゅう》（湖南省の南）に左遷され、書の達人でもあった李邕《りよう》は李林甫によって死罪を申し付けられるなど、唐朝内部で混乱がおきていました。

このころ李白は、各地の友人をたよって生活をしていました。そのなかの一人、元丹丘《げんたんきゅう》とは蜀の時代から親交を結んだ親友で、ともに神仙への道に興味を持ち、彼自身は道士となり玄宗皇帝の側で仕えたこともあります。彼の推薦によって、李白は玄宗皇帝のお召を受けることになったとの説は百二十五頁に述べています。また彼は李白に四人目の妻、宗氏を紹介します。「莫逆の友《ばくぎゃくのとも》」ともいえる彼のために李白は十二首の詩歌を残していますが、その中の一つが有名な『将進酒《しょうしんしゅ》』です。

将進酒《しょうしんしゅ》

君見《きみみ》ずや
黄河《こうが》の水《みず》は天上《てんじょう》より来《き》たりて
奔流《ほんりゅう》して海《うみ》に到《いた》り　復《ふたたび》は回《かえ》らざるを
君見《きみみ》ずや

将進酒

君不見
黄河之水天上来
奔流到海不復回
君不見

高堂《こうどう》の明鏡《めいきょう》　白髪《はくはつ》を悲《かな》しみ
朝《あした》には青糸《せいし》の如《ごと》きも　暮《く》れには雪《ゆき》と成《な》るを
人生《じんせい》　意《い》を得《え》なば須《すべか》らく歓《かん》を尽《つ》くすべし
金樽《きんそん》をして空《むな》しく月《つき》に対《たい》せしむる莫《なか》れ
天《てん》の我《わ》が材《ざい》を生《しょう》ずるは　必《かなら》ず用《よう》有《あ》り
千金散《せんきんさん》じ尽《つ》くせば　還《ま》た復《ま》た来《き》たらん
羊《ひつじ》を烹《に》　牛《うし》を宰《さ》き　且《か》つ楽《たの》しみを為《な》し
会《かなら》ず須《すべか》らく　一飲三百杯《いちいんさんびゃくはい》なるべし
岑夫子《しんふうし》　丹丘生《たんきゅうせい》
酒《さけ》を進《すす》む　君《きみ》　停《とど》むること莫《なか》れ
君《きみ》が与《ため》に一曲《いっきょく》を歌《うた》わん
請《こ》う君《きみ》　我《わ》が為《ため》に耳《みみ》を傾《かたむ》けて聴《き》け
鐘鼓《しょうこ》　饌玉《せんぎょく》　貴《とうと》ぶに足《た》らず
但《た》だ　長《なが》く酔《よ》うを願《ねが》いて　醒《さ》むるを用《もち》いず
古来《こらい》　聖賢《せいけん》　皆《みな》　寂寞《せきばく》

高堂明鏡悲白髪
朝如青糸暮成雪
人生得意須尽歓
莫使金樽空対月
天生我材必有用
千金散尽還復来
烹羊宰牛且為楽
会須一飲三百杯
岑夫子　丹丘生
進酒君莫停
与君歌一曲
請君為我傾耳聴
鐘鼓饌玉不足貴
但願長酔不用醒
古来聖賢皆寂寞

惟《た》だ飲者《いんしゃ》の其《そ》の名《な》を留《とど》むる有《あ》り
陳王《ちんおう》　昔時《せきじ》　平楽《へいらく》に宴《うたげ》し
斗酒《としゅ》　十千《じゅうせん》　歓謔《かんぎゃく》を恣《ほしいまま》にす
主人《しゅじん》　何為《なんす》れぞ　銭少《せんすく》なしと言《い》うや
径《ただ》ちに須《すべか》らく　沽取《こしゅ》して　君《きみ》に対《たい》して酌《く》むべし
五花《ごか》の馬《うま》　千金《せんきん》の裘《かわごろも》
児《じ》を呼《よ》び　将《も》ち出《い》して　美酒《びしゅ》に換《か》えしめ
爾《なんじ》と同《とも》に銷《け》さん　万古《ばんこ》の愁《うれい》

惟有飲者留其名
陳王昔時宴平楽
斗酒十千恣歓謔
主人何為言少銭
径須沽取対君酌
五花馬　千金裘
呼児将出換美酒
与爾同銷万古愁

君は見ただろう
黄河の水は天のかなたからきて
勢いよく海に流れて逆流することはない
君は見ただろう
貴人がよく映る鏡にうつる白髪頭《しらがあたま》を悲しんでいるのを
若かったころは青い糸のようだった髪が年老いて雪のようになるのを

人生はそんなもの　大いに楽しむのがいい
金の酒樽を月の光に照らしてほっておく手はない
天が私に命をあたえたのは　必ず役にたてようとしたからだ
大金を使い果たしても　また手に入れられる
羊肉を煮て　牛肉も調理して　楽しい食事をするときは
酒はいつも三百杯飲むべきだ
岑君よ　丹先生
一緒に酒を飲もう　もう飲めないなどとは言わせない
あなたのために一曲歌おう
耳を傾けてよく聞いてくれ
音楽や御馳走は　それだけではありがたくはない
酒をたっぷり飲んで長く酔っぱらって　いつまでも醒めないことを望むだけだ
昔から聖人賢人といわれた人は寂しいものだ
ただ酒飲みだけが後世に名を残している
陳王はその昔　平楽で宴会を開き

一斗の酒に一万銭をかけ　思いきり楽しんだものだ
主人は金がないなどと言わずに
すぐに酒を買いにいかせて　君にお酌をすべきだ
きれいにたてがみをそろえた馬や　高価な毛皮のコートも
下男に持たせて　うまい酒を買ってこい
君たちと酒を飲んで　この心のつらさをかき消そう

前に紹介した詩では、いくら杯を挙げても愁いは消せないとうたい、この詩では「万古の愁い」を消すには酒を飲むに限るとうたっています。どちらも李白の心情を正直に語っていると思います。人生にはいくら酒を飲んでも消せない愁いもあるし、酒を飲めばその時は消える愁いもあるのです。

「陳王《ちんおう》」は曹操の子の曹植で陳王に封じられ、詩の才能もありました。「五花馬《ごかば》」は唐の時代に流行したたてがみを「五花」という形に切りそろえた馬のこと。

「岑夫子《しんふうし》」と呼びかけた岑勛《しんくん》（岑参《しんじん》の説もあります）も丹丘生（元丹丘）と並んで、李白が心を許して付き合った親友です。

◆隠棲へのあこがれと政治への志の間で揺れる心

天宝十載（七五一年）、五十一歳の李白は石門山《せきもんさん》（河南省葉県の西南）に元丹丘とともに滞在していました。この石門山の辺りは、春秋時代の隠者長沮《ちょうそ》と桀溺《けつでき》が田を耕して、孔子一行と問答をした場所とされています。李白は、ここで元丹丘と過ごすうちに自身の隠居を真剣に考えるようになりました。もしこの時、李白が実際に隠居していたら、その後の人生は別のものになっていたと思われますが、もちろん李白はその道を選びませんでした。

李白は、心の中で、「自分はまだやり残したことがある。隠棲するのは、ことをやり遂げたと自分で納得ができてからだ」と思っていたからです。少年時代から李白は、剣術修行に励み、将来は剣の道で将軍になるか、あるいは大政治家になって世のため人のために尽くしたい、そんな思いがあったのです。その後、人生の年輪を重ね、庶民の苦しみを数多く見聞するにつれ、少年時代の夢は正義が通用しない世の中を変えようとの大望に膨らんでいました。そして、この思いをとげるまでは、隠棲はできないと考えるようになっていたのです。

李白はこののち、安禄山の乱に乗じて、自分のかねてからの夢を実現しようとします。しかし、その夢は無残にも砕け散る結果になったことは、多くの読者の知るところでしょう。

もちろん、そうした大志を抱きつつ、時には、そんな望みは到底かなえられそうにもないから、少しでも早く山に入って隠者になろう、そんな気持ちになることもあったでしょう。

次の詩の制作年は、必ずしもこの時期であるとは断定できませんが、李白が隠棲したいと思う心境がよく表れているので紹介します。

山中問答

問余何意棲碧山
笑而不答心自閑
桃花流水窅然去
別有天地非人間

山中問答《さんちゅうもんどう》

余《よ》に問《と》う何《なん》の意《い》ぞ　碧山《へきざん》に棲《す》むと
笑《わら》って答《こた》えず　心自《こころおの》ずから閑《かん》なり
桃花流水《とうかりゅうすい》　窅然《ようぜん》として去《さ》る
別《べつ》に天地《てんち》の人間《じんかん》に非《あら》ざる有《あ》り

いったいどんな気持ちで緑濃い山に棲むのかと聞かれるが
私は笑って答えないが　心はおだやかだ
桃の花びらを浮かべて遥かかなたまで川は流れる

特別の天地で　煩わしい人の世ではない

また、次に紹介する詩も、制作時期ははっきりしませんが、自由人となった李白が楽しく酒を飲んだときの作品で、いずれも李白の代表作にあげられる詩です。

月下《げっか》の独酌《どくしゃく》

花間《かかん》　一壺《いっこ》の酒《さけ》
独酌《どくしゃく》　相親《あいした》しむ無《な》し
杯《さかずき》を挙《あ》げて　明月《めいげつ》を邀《むか》え
影《かげ》に対《たい》して　三人《さんにん》を成《な》す
月《がつ》　既《すで》に　飲《いん》を解《かい》せず
影《かげ》　徒《いたずら》に　我《わ》が身《み》に随《したが》う
暫《しばら》く月《つき》と影《かげ》とを伴《ともの》うて
行楽《こうらく》　須《すべか》らく春《はる》に及《およ》ぶべし

月下独酌

花間一壺酒
独酌無相親
挙杯邀明月
対影成三人
月既不解飲
影徒随我身
暫伴月将影
行楽須及春

我《われ》歌《うた》えば　月《つき》　徘徊《はいかい》し
我《われ》舞《ま》えば　影《かげ》　零乱《れいらん》
醒時《せいじ》　同《おな》じく交歓《こうかん》し
酔後《すいご》　各《おのおの》　分散《ぶんさん》す
永《なが》く無情《むじょう》の遊《ゆう》を結《むす》び
相期《あいき》して　雲漢邈《うんかんはるか》なり

我歌月徘徊
我舞影零乱
醒時同交歓
酔後各分散
永結無情遊
相期邈雲漢

花の間で　酒壺を抱えて一杯やる
他に友人もいないから一人酒だ
今宵は明るい月がでている
月と二人で飲もうと思ったが　影も入れて三人になる
月はもともと酒飲みの気持ちをわからない
影は私の動きに付き合うだけだ
とはいえ　しばらくは月と影とを友としよう
こうやって酒を飲んで楽しむのは春が一番だ

私が歌えば　月もさまよい
私が舞えば　影は踊りだす
酔いが回るまではこうして楽しくやって
酔っぱらったらさよならだ
私たちは人間世界のわずらわしさを捨てて
今度は天の川の遥か彼方で会おう

李白が尊敬する東晋の陶淵明は、有名な『酒を飲む二十首』「其の七」「其の十六」などの作品で、一人酒の風景をよく詩にしています。陶淵明の作品を読み込んでいた李白は、自分もいつか一人酒の心に映った心象風景を詩にしようと考えていたに違いありません。この日は明月が地上を明るく照らしています。よく見ると影も長く伸びています。「よし、これだ。これでいこう」と李白は一気呵成にこの詩を書き上げたのではないでしょうか。「今度会うときは天の川の彼方で」などの表現は、「謫仙人」の李白でなければ考えもつきません。

もう一首、李白が大好きな酒をしこたま飲み「酔夢」の境地で作った詩を紹介します。

春《はる》の日《ひ》に酔《よ》いより起《お》きて志《こころざし》を言《い》う

世《よ》に処《お》るは　大夢《たいむ》の若《ごと》し
胡為《なんすれ》ぞ　其《そ》の生《せい》を労《ろう》する
所以《このゆえ》に　終日《しゅうじつ》酔《よ》い
頽然《たいぜん》として　前楹《ぜんえい》に臥《ふ》す
覚《さ》め来《きた》って　庭前《ていぜん》を眄《なが》むれば
一鳥《いっちょう》　花間《かかん》に鳴《な》く
借問《しゃもん》す　此《こ》れ　何《いず》れの時《とき》ぞ
春風《しゅんぷう》　流鶯《りゅうおう》　語《かた》る
之《これ》に感《かん》じて　嘆息《たんそく》せんと欲《ほっ》す
酒《さけ》に対《たい》して　還《ま》た自《みず》から傾《かたむ》く
浩歌《こうか》して　明月《めいげつ》を待《ま》ち
曲尽《きょくつ》きて　已《すで》に情《じょう》を忘《わす》る

春日酔起言志

処世若大夢
胡為労其生
所以終日酔
頽然臥前楹
覚来眄庭前
一鳥花間鳴
借問此何時
春風語流鶯
感之欲嘆息
対酒還自傾
浩歌待明月
曲尽已忘情

この世の中にいるのは　大きな夢の中にいるようだ
それなのにどうしてあくせくして生きるのだ
だから一日中　酔っ払い
力を抜いて家の前の柱によりかかっている
ふと目が覚めて前の庭を眺めると
一羽の鳥が花の中で鳴いている
ちと尋ねるが　今は一体何時《なんどき》か
春風に吹かれて飛び回る鶯が鳴いて答えてくれた
感動して　大きなため息が出そうになった
酒に向かいなおして　一人でもう一杯やる
大声で歌って明るい月が出るのを待ったが
一曲歌うと　もう何が言いたかったか忘れてしまった

詩題が、『春《はる》の日《ひ》に酔《よ》いより起《お》きて志《こころざし》を言《い》う』とありますから、初めてこの詩を読む時、一体どんな志が述べられるのか期待しましたが、何のことはない、「大声で歌をうたったら、何が言いたかったか忘れてしまった」というのですから、肩すかしをくったようでした。

しかし、この詩をもう一度よく読むと、李白が酒に酔ったときの心の移ろいを率直にうたった貴重な詩であることがよくわかります。

のどかな春の一日、李白は昼間から杯を片手に酒を飲んでいます。酒が回ると眠くなって柱にもたれかかって転寝《うたたね》をします。ふと目が覚めて庭を眺めると、花の中に一羽の鳥がいます。李白は青年時代、隠者の趙蕤《ちょうずい》と出会って鳥と会話をする術を習得していますから、鳥に話しかけます。

第一句に「世《よ》に処《お》るは　大夢《たいむ》の若《ごと》し」とありますが、これは荘子の「蝴蝶《こちょう》の夢《ゆめ》」を念頭においています。胡蝶になった夢を見て、夢から覚めたが、はたして胡蝶になったのが夢か、人間でいる自分が夢の中かわからなくなったという話です。こうして今、鳥と話している自分は果たして夢なのか現実なのか、李白にもわからなくなります。そして、酒が醒めるのに伴い、現実に引き戻されると、もう一度酒を飲みはじめます。飲んでは酔い、醒めてはまた飲み、こうして日がな一日、いわば「酔夢」のなかにいる李白は、夢と現実のあいだを行ったり来たりします。最初は「志を言う」つもりが、そんなことはもうどうでもよくなってしまうのです。私も、こんな酒の飲み方をしてみたいと思うことがあります。

column 万里こぼれ話

中国の三大美人と三大悪女

中国の三大美人の筆頭にあげられるのは楊貴妃であることは、よく知られています。他の二人はというと、春秋時代の西施《せいし》、後漢末の貂蝉《ちょうせん》が定説になっています。この他に、前漢の王昭君をいれて四大美人とすることもあります。楊貴妃の好物は、南国の果物茘枝《れいし》（ライチ）が有名で、玄宗皇帝は彼女のためにわざわざ数か月をかけて南方からライチを長安に運ばせたそうです。また西方のワインもよく飲んだとされる話も伝わっています。

三大悪女は、殷王朝末期の妲己《だっき》、漢の劉邦の妻の呂后、中国で唯一の女帝の武則天、または清朝の西太后といわれていますが、彼女らが悪女として歴史に名を留めるのは、抜きがたい中国の女性蔑視があるからで、武則天や西太后が才能あふれる女性であったことは記しておかなければなりません。

第八章……安史の乱

天宝十一載（七五二年）冬、長く宰相の地位にあった李林甫が死去。代わって宰相の座についたのは楊貴妃のまたいとこ、といっても縁は遠い楊国忠《ようこくちゅう》でした。楊国忠は、楊貴妃の親族というだけで玄宗皇帝の覚えめでたく出世の階段を駆け上ってきた人物です。楊国忠の名前は天宝十載（七五一年）に玄宗皇帝から賜った名で、それまでは楊釗《ようしょう》と呼ばれていました。

この年に楊国忠は、異民族が支配していた南詔《なんしょう》（四川省南部と雲南省の一部）の討伐軍の指揮をとりますが、大敗を喫し、自らは途中で玄宗皇帝により長安に呼び戻され一死を免れます。しかし討伐軍はさらに奥地の大食《タージー》国にまで攻め込み、兵士はほぼ全滅の悲惨な戦いとなりました。もちろん、こうした辺境での戦いに駆り出されるのは国内各地の民百姓《たみひゃくせい》です。楊国忠への不満の声が国中で渦巻きます。

◆李白が阿倍仲麻呂の死（？）を悼む

天宝十二載（七五三年）、玄宗皇帝の唐帝国では安禄山が実力を蓄え、徐々に謀反の準備にかかっていたころ、長安を離れて祖国に帰ることを決めていた一人の日本人がいました。阿倍仲麻呂《あべのなかまろ》、中国名で晁衡《ちょうこう》（朝衡）と呼ばれていた彼は、玄宗皇帝の開元五年（七一七年）、日本からの遣唐使に同行して唐で最新の制度や学問を学ぼうと、留学生として長安を訪問しました。長安の最高学府である太学で学び、その後唐朝の官僚として玄宗皇帝に仕えて、秘書監《ひしょかん》（宮中の図書を管理する責任者）をつとめて、その間、王維《おうい》や儲光羲《ちょこうぎ》らと交流を深めていました。

特に交流が深かった王維は、晁衡が日本へ帰る際に、『秘書晁監日本国へ還るを送る《ひしょちょうかんにほんこくへかえるをおくる》』を詠んで別れを惜しんでいます。

李白も長安では宮廷詩人として有名人でしたから、李白と晁衡はお互いに交流があったことは明らかです。その晁衡が玄宗皇帝の許しを得て、日本からの遣唐使船の帰りの便に乗って帰国することになったのです。日本へ帰る遣唐使船は揚州から出港と決まっていましたが，晁衡が乗った船は途中、嵐に遭い、安南《あんなん》（現在のベトナム中部）に流され、乗員の多くが現地の人々に捕らえられ殺された中で、晁衡は生き延び、天宝十四載（七五五年）に長安に帰りつきます。

この時の遣唐使船に鑑真《がんじん》和上が乗り込み、日本を目指しましたが、晁衡とは別の船だったため、何とか日本に到着することができました。

当時は現在のように通信手段も発達していなかったため、李白をはじめ唐朝の人々は晁衡（阿倍仲麻呂）の乗った船の消息が正確に伝わらず、晁衡は遭難して亡くなったものと勘違いしていました。

長安に帰った晁衡は安禄山の乱にまきこまれますが、玄宗皇帝ののちの粛宗にも重用され、最後まで日本に帰ることなく、代宗の大暦五年（七七〇年）、七十三歳でこの世を去ります。結果的に李白より長生きしたことになりましたが、李白はそのことを知らずに次の詩を作っています。

晁卿衡《ちょうけいこう》を哭《こく》す

日本《にほん》の晁卿《ちょうけい》　帝都《ていと》を辞《じ》し
征帆一片《せいはんいっぺん》　蓬壺《ほうこ》を繞《めぐ》る
明月帰《めいげつかえ》らず　碧海《へきかい》に沈《しず》み
白雲愁色《はくうんしゅうしょく》　蒼梧《そうご》に満《み》つ

哭晁卿衡

日本晁卿辞帝都
征帆一片繞蓬壺
明月不帰沈碧海
白雲愁色満蒼梧

日本の晁卿衡は長安に別れを告げて
遠く蓬莱の島に船で帰っていった
しかし明るい月のような卿は蒼海に沈んで帰ることができなかった
悲しみに満ちた白い雲が蒼梧の地を覆っている

「蓬壷《ほうこ》」は蓬莱《ほうらい》のことで、日本を指します。「蒼梧《そうご》」は、湖南省にある山の名で、ここで舜は死んだと伝わっています。

なお、晁衡は阿倍仲麻呂として長安で日本を思う望郷の詩を作っています。『百人一首』にも載っている有名な和歌ですから、多くの日本人が知っている歌です。

天《あま》の原《はら》　ふりさけみれば　春日《かすが》なる　三笠《みかさ》の山《やま》に　出《い》でし月《つき》かも

この歌を中国語訳して五言絶句に仕上げた詩があります。

首《くび》を翹《あ》げ　東天《とうてん》を望《のぞ》めば　翹首望東天
神《こころ》は馳《は》す　奈良《なら》の辺《あた》り　神馳奈良辺
三笠山頂《みかささんちょう》の上《うえ》　三笠山頂上
想《おも》う又《また》　皎月円《きょうげつまどか》なるを　想又皎月円

この詩は西安市の晁衡を記念する碑に刻まれていますから、中には晁衡本人が作った詩ではないかと誤解する向きもあるようですが、そうではなく、ごく最近、一九七九年、この碑を建立する際に西安市の外事処の職員が和歌を翻訳して作った五言絶句です。韻は起句の「天」、承句の「辺」、結句の「円」と絶句の基本を踏まえ、なかなかよくできた訳詩ですので参考までに紹介しました。

◆玄宗皇帝の相次ぐ外征に異議を唱える

天宝十二載（七五三年）は、李白が長安の玄宗皇帝のもとを去ってからすでに十年の歳月が経っていました。この間、李白は揚州から金陵、済南、穎陽、南陽などを旅し、途中、元丹丘、崔宗之《さいそうし》などを訪ね、旧交を温めます。みやこ長安では、安禄山が皇帝の歓心を買おうと無謀な外征を進言し、政治に関心がなくなった玄宗は、領土の拡張にだけは貪欲で、良民の苦労に見向きもしません。こうした唐王朝の度重なる外征に異議を唱えて李白が作った詩（楽府）が『城南《じょうなん》に戦《たたか》う』です。

戦城南

城南《じょうなん》に戦《たたか》う

去年戦桑乾源

去年《きょねん》は桑乾《そうかん》の源《みなもと》に戦《たたか》い

今年《ことし》は葱河《そうが》の道《みち》に戦《たたか》う
兵《へい》を洗《あら》う　条支海上《じょうしかいじょう》の波《なみ》
馬《うま》を放《はな》つ　天山雪中《てんざんせっちゅう》の草《くさ》
万里《ばんり》　長《とこし》えに征戦《せいせん》
三軍《さんぐん》　尽《ことごと》く衰老《すいろう》
匈奴《きょうど》　殺戮《さつりく》を以《もっ》て　耕作《こうさく》と為《な》す
古来《こらい》惟《た》だ見《み》る　白骨黄沙《はっこつこうさ》の田《た》
秦家《しんか》の城《しろ》を築《きず》いて胡《えびす》に備《そな》うる処《ところ》
漢家《かんか》還《また》た烽火《ほうか》の燃《も》ゆる有《あ》り
烽火《ほうか》　燃《も》えて息《や》まず
征戦《せいせん》　已《や》む時《とき》無《な》し
野戦《やせん》　格闘《かくとう》して死《し》す
敗馬号鳴《はいばごうめい》　天《てん》に向《む》かって悲《かな》しむ
烏鳶《うえん》　人《ひと》の腸《はらわた》を啄《ついば》み
銜《ふく》み飛《と》んで上《かみ》に挂《か》く枯樹《こじゅ》の枝《えだ》

今年戦葱河道
洗兵条支海上波
放馬天山雪中草
万里長征戦
三軍尽衰老
匈奴以殺戮為耕作
古来惟見白骨黄沙田
秦家築城備胡処
漢家還有烽火燃
烽火燃不息
征戦無已時
野戦格闘死
敗馬号鳴向天悲
烏鳶啄人腸
銜飛上挂枯樹枝

士卒《しそつ》　草莽《そうもう》に塗《まみ》れ
将軍《しょうぐん》　空《むな》しく而《し》か為《な》す
乃《すなわ》ち知《し》る　兵《へい》なる者《もの》は是《こ》れ凶器《きょうき》
聖人《せいじん》は已《や》むを得《え》ずして之《これ》を用《もち》いたるを

士卒塗草莽
将軍空而為
乃知兵者是凶器
聖人不得已而用之

去年は桑乾河《そうかんが》の上流で戦いがおこなわれ
今年は葱嶺河《そうれいが》の道で戦争があった
遠く条支（シリア）の海の水が兵の血を洗い
西域天山の雪の草地に馬を放つ
長く続く万里の遠征で
すべての部隊の兵士はすっかり老け込んで衰えを感じている
匈奴は殺戮を田畑を耕す仕事のようにおこなう
昔から白骨を黄沙の砂漠のなかにさらしてきた
秦の始皇帝は長城を築いて匈奴などに備えてきたが
漢（実は唐）になってまた辺境で戦を告げる狼煙《のろし》があがっている

狼煙は燃え尽きることがない
遠征の戦いはいつになっても終わらない
平原で敵と格闘して戦死する
残された馬は天に向かって悲しくいななく
烏《からす》や鳶《とび》が死者のはらわたを食いちぎり
口にくわえて飛んで枯れた木の枝につきさす
兵士は草むらに斃れ
将軍の作戦は空しいばかりだ
そこではじめて武器は不吉なものであることがわかる
聖人はやむを得ない時にだけ武器を使うものだ

「桑乾《そうかん》」は桑乾河のことで、中唐期の詩人、賈島《かとう》に『桑乾《そうかん》を度《わた》る』と題する詩があり、私の好きな詩のひとつですが、桑乾河は山西省に発し、東に流れ河北省に向かい、北京郊外の永定河となります。玄宗の天宝元年（七四二年）、この河の源で北方の異民族、突厥《とっけつ》（東トルコ）との戦いが行われました。また「葱河《そうが》」は葱嶺河《そうれいが》のことで、葱嶺（パミール高原）から新疆を流れる河で、玄宗の天宝六載（七四七年）、西方の異民族、吐蕃《とばん》（チベット）との戦争がありました。「条支《じょうし》」は地中海東岸のシリアのこと。

詩の後半の「烏鳶《うえん》　人《ひと》の腸《はらわた》を啄《ついば》み」、「銜《ふく》み飛《と》んで上《かみ》に挂《か》く枯樹《こじゅ》の枝《えだ》」の表現はリアルで、兵士や家族の厭戦気分を煽ります。「兵《へい》なる者《もの》は是《こ》れ凶器《きょうき》」は、『老子』の「兵《へい》は不祥《ふしょう》の器《うつわ》にして君子《くんし》の器《うつわ》に非《あら》ず」の言葉を念頭に置いています。

もう一首、戦死して帰らぬ夫を思う妻の気持ちをうたった詩（楽府）を紹介します。

北風《きたかぜ》の行《うた》

燭竜《しょくりゅう》　寒門《かんもん》に棲《す》み
光耀《こうき》　猶《な》お旦《あした》に開《ひら》く
日月之《にちげつこれ》を照《て》らすも何《なん》ぞ此《これ》に及《およ》ばざる
唯《た》だ北風《ほくふう》の号怒《ごうど》して天上《てんじょう》より来《きた》る有《あ》り
燕山《えんざん》の雪花《せっか》　大《だい》なること席《せき》の如《ごと》し

北風行

燭竜棲寒門
光耀猶旦開
日月照之何不及此
唯有北風号怒天上来
燕山雪花大如席

片片《へんぺん》吹《ふ》き落《お》つ　軒轅台《けんえんだい》
幽州《ゆうしゅう》の思婦《しふ》　十二月《じゅうにがつ》
歌《うた》を停《とど》め笑《わら》いを罷《や》めて　双蛾《そうが》摧《くだ》く
門《もん》に倚《よ》って　行人《こうじん》を望《のぞ》む
君《きみ》が長城《ちょうじょう》の苦寒《くかん》を念《おも》えば　良《まこと》に哀《かな》しむ可《べ》し
別《わか》るる時《とき》　剣《けん》を提《さ》げ　辺《へん》を救《すく》うて去《さ》り
此《こ》の虎文《こぶん》の金鞞靫《きんへいさい》を遺《のこ》す
中《なか》に一双《いちそう》の白羽箭《はくうせん》有《あ》り
蜘蛛《くも》は網《あみ》を結《むす》んで　塵埃《じんあい》を生《しょう》ず
箭《や》は空《むな》しく在《あ》り
人《ひと》は今戦死《いませんし》して　復《ま》た回《かえ》らず
此《こ》の物《もの》を見《み》るに忍《しの》びず
之《これ》を焚《た》いて　已《すで》に灰《はい》と成《な》る
黄河土《こうがつち》を捧《ささ》げて　尚《な》お塞《ふさ》ぐ可《べ》し
北風雪《ほくふうゆき》を雨《ふ》らし　恨《うら》み裁《た》ち難《がた》し

片片吹落軒轅台
幽州思婦十二月
停歌罷笑双蛾摧
倚門望行人
念君長城苦寒良可哀
別時提剣救辺去
遺此虎文金鞞靫
中有一双白羽箭
蜘蛛結網生塵埃
箭空在
人今戦死不復回
不忍見此物
焚之已成灰
黄河捧土尚可塞
北風雨雪恨難裁

北の果ての寒門山に棲む竜が
掲げるともしびは朝光を放つ
日の光や月の光はどうしてそこに届かないのだろう
そこには北風がただ叫び怒って天からふいてくるだけだ
北の山に降る雪はむしろのような大きさだ
軽く飛んで黄帝が住む軒轅台に落ちる
幽州で十二月になれば思いにしずむ夫人は
歌をやめ笑うこともなく両の眉は見る影もない
門に倚りかかって道行く人を眺めるだけ
貴方が長城で寒さにふるえ苦労を重ねていたことを思えば
心が悲しみでいっぱいになる
別れる時貴方は剣を手に辺境の味方を救うために発ち
あとに残したのはこの虎の模様の金の矢袋だ
中には一そろいの白い矢羽根が付いた矢が入っているが

蜘蛛の巣がはって埃がたまっている
矢が空しく残っている
夫は戦死してもう帰っては来ない
遺されたものを見るに忍びない
焼いてすでに灰になってしまった
黄河の水は両手で土をすくってうめたてればいつかは堰き止められる
北風が雪をふらせ　この恨みはどうしても絶つことができない

この作品は天宝十一載（七五二年）冬、李白が幽州《ゆうしゅう》（北京周辺）を訪れて、実際に見聞きした話をもとにして作った詩とされています。この年、長年宰相をつとめた李林甫が亡くなり、そのあとを楊国忠が継ぎ、一方、安禄山が皇帝の歓心を買おうと無謀な外征を幾度となく繰り返していた時期です。この天下の非道を目の前にして、李白は已むに已まれぬ気持ちでこの歌を作ったものと思われます。詩の形式は、前に紹介した『城南《じょうなん》に戦《たたか》う』と同じ楽府ですが、楽府の長さは、この種の叙事詩を詠いあげるのにちょうどいい句数になっています。

日本人がよく読む『唐詩選』などでは李白の楽府は比較的少ししか掲載されていないため、なじみが少ない作品ですが、李白のこうした楽府によって私たちは李白の志を知ることができます。
「燭竜《しょくりゅう》」は、『淮南子《えなんじ》』や『山海経《せんがいきょう》』にでてくる神竜で、北極の寒門山に棲み、目を閉じると夜となり、目を開くと昼になるといわれています。また燭台をくわえていて、北の地方の長く暗い冬を照らすともいわれています。「軒轅台《けんえんだい》」は黄帝が上ったといわれていて、現在の河北省涿鹿県《かほくしょうたくろくけん》周辺にあったとされています。

◆安禄山の挙兵

このの ちの反乱の主役、安禄山《あんろくざん》は幼名を軋犖山《あつらくさん》といい、父は胡人（ペルシャ系）、母は突厥人（トルコ系）で、幼少期に父を亡くし、母が突厥の将軍安延偃《あんえんえん》と再婚したため安姓を名乗っていました。安禄山は、下腹が極端に垂れ下がった特異な体型をしていたと記録にあります。その体型のおかしさと胡人特有の陽気さが玄宗皇帝に気に入られたようです。

安禄山は楊貴妃の機嫌をとることにも長けていて、皇帝と貴妃の二人の後ろ盾で、元号が開元から天宝に替わった七四二年に平盧《へいろ》節度使、驃騎《ひょうき》将軍に任じられます。節度使は辺境におかれた傭兵集団の総司令官で、睿宗《えいそう》が七一〇—七一一年に、安西《あんせい》、北庭《ほくてい》、河西《かせい》、朔方《さくほう》、河東《かとう》、范陽《はんよう》、平盧《へいろ》、隴《ろう》西《せい》、剣南《けんなん》、嶺南《れいなん》の十か所に節度使を配置しました。節度使は唐の律令制度の規定にない「令外《りょうげ》の官」で、当初は軍司令官として軍政を担当していましたが、のちには民政や財政までも手中に収め、独立した権力を打ち立てることとなりました。

安禄山は最初、平盧《へいろ》節度使に任じられますが、天宝三載（七四四年）には、平盧節度使に加えて范陽《はんよう》節度使を兼任することになります。范陽は現在の北京の郊外で、当時は北の辺境だったのです。その後、天宝十載（七五一年）、河東の節度使に任じられ、平盧、范陽、河東の三節度使となります。それぞれの節度使は直轄の軍勢を有し、三つの節度使の軍勢は合計すると十八万人に上り、当時の唐の軍隊は全て合わせて三十万といわれていましたから、およそ三分の二の兵力を配下におさめたことになります。これだけの軍事力を持てば、自分が皇帝にとって代わろうとする野望が頭を持ち上げても何の不思議もありません。しかも、巷には楊貴妃と楊国忠の横暴に対する怨嗟の声が満ちています。

天宝十四載（七五五年）、安禄山は「君側《くんそく》の奸《かん》、楊国忠を討つ」と称して范陽で兵を挙げます。このとき李白は五十五歳、金陵（南京）で安禄山挙兵の知らせを受けます。

実は、李白は安禄山が反乱を起こす前に、彼の部下から安禄山の幕閣《ばっかく》に加わるよう誘いを受けた可能性があります。もちろん、李白はこの誘いを断ります。その理由は、河南の宗氏の実家に残してきた妻の体調がすぐれないとの連絡を受けていたからです。妻は李白に諸国放浪の旅は止めて、政治とも一切のかかわりを断ってしずかに暮らそうと迫ります。李白が結婚した相手は、三番目の妻の場合ははっきりしませんが、最初の許氏、二番目の劉氏、そして四番目の宗氏も経済的に豊かな家の女性でした。ですから諸国を放浪する旅を止めても、妻の実家に帰れば何とか食べていける経済力はあったのです。

前章で長安を離れた李白の旅は、全国を巡業する旅の一座の興行のようなものだったと書きましたが、同時に李白は心の片隅で、「自分はまだやり残したことがある」との思いを常に抱いていました。少年時代に剣術で身を立てようと考えていたことからもわかるように、今度は武人として、あるいは政治家として世に認められたいとのひそかな野望があり、その思いを遂げる旅でもあったのです。

中国の李白研究家の安旗氏の説によれば、このころ李白は三度目の長安訪問を果たしています。その目的は、玄宗皇帝に安禄山の乱を鎮圧する方策を授けるという壮大な企図でしたが、すでに混乱の渦のなかにあった長安で李白は、何の成果も得られぬままみやこを離れ、ふたたび金陵へ向かいます。金陵に妻の宗氏を呼び寄せ一緒に暮らすことも考えたようです。

一方、安禄山の反乱軍はまたたく間に洛陽を攻め落とし、天宝十五載（七五六年）安禄山は洛陽で皇帝に即位します。雄武皇帝と称し国号は大燕《だいえん》を名乗り、元号を「聖武《せいぶ》」とします。この年の六月、玄宗皇帝は長安を脱出し、蜀へ逃亡の旅に出ます。しかし、長安を出てほどなく、馬嵬《ばかい》の地で皇帝と一緒に行動していた近衛軍の反乱により、今回の乱の元凶とみなされた楊国忠は惨殺され、楊貴妃も死を賜ります。楊貴妃は享年三十八。玄宗皇帝は七十二歳で「老いらくの恋」に終止符をうつことになりました。

玄宗皇帝は蜀へ逃れる途中、息子の李亨《りこう》に帝位をゆずった形になります。李亨は霊武《れいぶ》（現在の寧《ねい》夏回族《かかいぞく》自治区霊武市）で即位し粛宗《しゅくそう》となり、元号を「至徳《しとく》」に改めます。粛宗はウイグルはじめ域外の諸族を集め、長安、洛陽を奪還します。安禄山は、愛妃の生んだ息子を皇太子にしようと企て、それが発覚し、元々の皇太子安慶緒《あんけいちょ》に殺されます。

その安慶緒は大燕軍の武将の史思明《ししめい》に暗殺され、皇帝となった史思明は勢いを取り戻し、いったんは洛陽を再び占領しますが、その彼もまた息子の史朝義《しちょうぎ》に殺されます。史朝義は、燕の四代皇帝になりますが、七六二年唐軍が洛陽に攻め込むと、北方に逃れます。しかし、すでに史朝義につき従う武将は少なく、七六三年に部下の田承嗣《でんしょうし》や李懐仙《りかいせん》らに離反され自殺に追い込まれます。

こうして、安禄山が始めた唐王朝に対する反乱は九年で幕を下ろすことになります。安禄山と史思明の反乱は「安史の乱」とよばれ、唐朝は何とかこの乱を平定しますが、その後、急速に国力を失っていきます。

◆李白、永王璘の陣営に加わる

安禄山の反乱がおきたとき、李白は妻とともに難を逃れて廬山に移り住んでいました。そのまま隠棲を続ければよかったのですが、ここで李白自身の政治に対する強い思いから政争に巻き込まれることになります。

蜀に逃れる旅の途中にいた玄宗皇帝は太子の李亨《りこう》が霊武で即位し粛宗となることを認め、自らは上皇になりました。李亨が正式に帝位に就くのは、七五六年七月のことで、このとき、李亨の弟の永王璘《えいおうりん》は、安禄山討伐のため江南方面で挙兵します。永王璘は玄宗皇帝の十六番目の子どもで、兄の李亨との仲は良好だったようで、玄宗の三男として生まれた李亨は年の離れた弟を可愛がったものと思われます。しかし、玄宗が皇帝のときは兄弟の仲が良くても、今や立場が変わって自らが皇帝になると、李亨にとって弟の永王璘は目障りな存在となったのです。この政治の冷徹なリアリズムを李白は理解できなかったのでしょう。

永王璘も、政治の表舞台に立って、先ず自軍の体制を整えるために諸国の有名人を招くことにしました。当時、廬山にいた李白は永王からの三度にわたる招きの手紙に、「やっと政治に参画する機会を得た」と勇躍、参加の意を伝えます。

李白は、永王の陣営に参加するにあたり、『永王《えいおう》の東巡歌《とうじゅんか》』と呼ばれる軍歌を作ります。この歌は、現在十一首残り、いずれも勇壮な歌詞ですが、ここでは二首紹介します。

永王東巡歌　其一

永王正月東出師
天子遥分竜虎旗
楼船一挙風波静
江漢翻為雁鶩池

永王《えいおう》の東巡歌《とうじゅんか》　其《そ》の一

永王《えいおう》　正月《しょうがつ》　東《ひがし》に師《し》を出《い》だす
天子《てんし》　遥《はる》かに分《わか》つ　竜虎《りゅうこ》の旗《はた》
楼船一挙《ろうせんいっきょ》　風波《ふうは》静《しず》かに
江漢《こうかん》翻《かえ》って　雁鶩《がんぼく》の池《いけ》と為《な》る

永王が正月　東征の軍を出した
皇帝は　遥かな地で　将軍旗を授けてくれた
櫓を組んだ戦闘船が一挙に出撃すれば　敵はたちまち降伏する
長江や漢江は雁やカモが遊ぶ　静かな池になる

この詩の「天子」は玄宗皇帝を指すのか、あるいはすでに即位した粛宗を指すのか判然としませんが、私は玄宗皇帝を指すと理解します。その皇帝が、蜀の地から、わざわざ将軍の旗を授けてくれたのですから、李白はよもや永王璘の軍勢が謀反軍とみなされ、自分も謀反軍の一員になるなどとは思いません。政治の情勢は複雑怪奇、正義の軍が一日にして賊軍になることなど日常茶飯のことですが、その点を見誤った李白は、やはり政治については素人で見通しが甘かったのです。

永王《えいおう》の東巡歌《とうじゅんか》　其《そ》の二

三川《さんせん》　北虜《ほくりょ》　乱《みだ》るること麻《あさ》の如《ごと》し
四海《しかい》　南奔《なんほん》　永嘉《えいか》に似《に》る
但《た》だ　東山《とうざん》の謝安石《しゃあんせき》を用《もち》うれば
君《きみ》が為《ため》に　談笑《だんしょう》して　胡沙《こさ》を静《しず》めん

永王東巡歌　其二

三川北虜乱如麻
四海南奔似永嘉
但用東山謝安石
為君談笑静胡沙

黄河のほとりの地域は北の野蛮人によって踏みにじられている
永嘉《えいか》の乱で人々が争《あら》そって南下したときと同じだ

そのとき東山に隠棲していた謝安石《しゃあんせき》を登用すれば天子のために談笑しながら胡の軍勢を鎮《しず》めてみせる

「永嘉《えいか》に似《に》る」は、西晋の懐帝《かいてい》の永嘉五年（三一一年）、匈奴が建国した「前趙」の劉曜《りゅうよう》が洛陽を攻略したとき、多くの貴族や庶民が難を逃れて、南へ逃げた歴史があり、そのときの事情と、今回の安禄山の乱の様子が似ていることを指します。

謝安石《しゃあんせき》（謝安）は東晋の人。会稽の東山に隠棲していました。風雅を愛し、永和九年（三五三年）に、会稽の蘭亭に四十人余りの文人を集め宴会を開き、その時、参加者が詠んだ詩に王羲之が序を書き、書をしたためたのが有名な『蘭亭序《らんていじょ》』です。政治家としては、五胡の一つの前秦《ぜんしん》の大軍が南下してくると、人々に推されて東山を出て、前秦軍に立ちはだかり、これを撃退します。一度引退、失脚した人物が再び返り咲いて活躍することを「東山再起《とうざんさいき》」と呼びます。現代政治で、鄧小平が何度も失脚して、その度に返り咲いたことを中国のマスコミは「東山再起」と表現しました。

この詩の謎は、謝安石に誰をなぞらえているかわからないことです。一般には、自分が仕える永王璘ということになりますが、ひょっとして、李白自身のことではとの指摘もあり、私もこの説を支持することを記しておきます。

◆李白、謀反の罪で夜郎に流される

玄宗皇帝（上皇）によって江南地方の司令官に任命されたはずの永王璘は、金陵（南京）を拠点に長江流域に勢力を広げるチャンスと考えましたが、これに危機を感じた粛宗皇帝は、永王璘に蜀の玄宗のもとに帰るよう命令を発します。今や皇帝は粛宗ですから、その命令に従わないことは謀反の意図ありと認められます。李白は、そんな事情は知らず、先に紹介した『永王の東巡歌』を作って、喜び勇んで永王のもとに参じます。

粛宗は李白の友人でもある高適《こうせき》を淮南節度使に任じ、莱瑱《らいてん》を淮西節度使に、さらに元々の江東節度使韋陟《いちょく》に命じて、永王璘を三方から包囲しました。永王の軍は二か月ともたずに壊滅することになります。にわか仕立ての永王軍は内部の統制に欠けていました。粛宗の官軍を目の前にして、クモの子を散らすように潰走《かいそう》します。李白が永王の陣営にいた期間は、わずか二か月であったと郭沫若の『李白と杜甫』は記しています。

永王璘は追手の軍勢に殺され、李白は南方に逃れますが、かつて陶淵明が県令をつとめた彭沢《ほうたく》の地で、官軍に自首し、潯陽《じんよう》の監獄につながれました。粛宗の至徳二載（七五七年）春のことです。

李白の軽率な行動が、自らの不幸を招いたことになります。

楽天的な李白もこの時ばかりは、死罪を申し付けられるのではと心配したことと思います。そんななか、粛宗皇帝の御史中丞《ぎょしちゅうじょう》であった宋若思《そうじゃくし》が救いの手を差し伸べます。宋若思は李白の才能を見込んで、釈放するだけでなく粛宗皇帝のもとで働かせようとして、みやこの粛宗に手紙をしたためますが、粛宗は何ら関心を示しません。かつて玄宗皇帝の愛顧を受けた李白は、すでに過去の人となっていたのです。

安史の乱は盛唐の詩人たちにも大きな影響を与えました。有名なところでは、王維《おうい》は一度、安禄山の軍勢に捕まり、大燕帝国の官僚に任じられていました。そのことから死罪の可能性もありましたが、弟の王縉《おうしん》が粛宗皇帝のもとで高官をつとめていたため処罰を免れることとなりました。一方、杜甫は長安を脱出して、陝北の家に帰っていましたが、粛宗を探して合流することができた経緯は前述しました。その後、長安に帰って、李白を心配してつくったのが百七十五頁の『李白《りはく》を夢《ゆめ》む』です。

夜郎に流されるときの李白の心境を知る手掛かりになる自身の詩が残っています。

夜郎《やろう》に流《なが》されしとき辛判官《しんはんがん》に贈《おく》る

流夜郎贈辛判官

昔《むかし》　長安《ちょうあん》に在《あ》りて　花柳《かりゅう》に酔《よ》う
五侯七貴《ごこうしちき》　杯酒《はいしゅ》を同《おな》じゅうす
気岸《きがん》　遥《はる》かに凌《しの》ぐ　豪士《ごうし》の前《まえ》
風流《ふうりゅう》肯《あえ》て落《お》ちんや　他人《たにん》の後《しりえ》に
夫子《ふうし》は紅顔《こうがん》　我《われ》は少年《しょうねん》
章台《しょうだい》馬《うま》を走《はし》らして　金鞭《きんべん》を著《つ》く
文章献納《ぶんしょうけんのう》す　麒麟殿《きりんでん》
歌舞淹流《かぶえんりゅう》す　玳瑁《たいまい》の筵《えん》
君《きみ》と自《みず》から謂《い》う　長《とこし》えに此《かく》の如《ごと》しと
寧《なん》ぞ知《し》らんや　草動《くさうご》いて風塵《ふうじん》の起《お》こるを
函谷《かんこく》忽《たちま》ち驚《おどろ》く　胡馬《こば》の来《きた》るを
秦宮《しんきゅう》の桃李《とうり》　明《めい》に向《む》かって開《ひら》く
我《われ》は愁《うりょ》う　遠謫《えんたく》　夜郎《やろう》に去《さ》るを
何《いず》れの日《ひ》にか　金鶏放赦《きんけいほうしゃ》して回《かえ》らん

昔在長安酔花柳
五侯七貴同杯酒
気岸遥凌豪士前
風流肯落他人後
夫子紅顔我少年
章台走馬著金鞭
文章献納麒麟殿
歌舞淹流玳瑁筵
与君自謂長如此
寧知草動風塵起
函谷忽驚胡馬来
秦宮桃李向明開
我愁遠謫夜郎去
何日金鶏放赦回

その昔　長安にいたときは牡丹の花や柳を愛でて酒を飲んだものだ
漢の時代なら五侯七貴とよばれた貴人と杯を重ねたものだ
心意気は剛毅の者をはるかに凌ぎ
風流を理解する心は他の誰にも後れをとらない
あなたはまだ青年で　私はさらに年下だった
長安の繁華街に馬を走らせ　金の鞭を振り回したものだ
宮中の麒麟殿に文章を寄進して
毎日　鼈甲《べっこう》で飾られた椅子に座って歌舞を楽しんだものだ
いつまでもこうして楽しくやろうと君に言っておきながら
草が動いて風塵を巻き起こすことが起きようとは思いもよらなかった
西の函谷関に匈奴の馬が攻め込んで
長安の宮殿の桃や李は明るい方向に向いて花を開いているのに
私は　遠く夜郎の地に流されることを悲しんでいる
宮殿で一羽の金の鶏を掲げた役人が恩赦を発表するときが待ち遠しい

「辛判官《しんはんがん》」は辛という姓の判官（節度使の幕僚）のことで詳しい経歴はわかりませんが、昔李白がみやこ長安で宮廷詩人としてもてはやされていたとき、一緒に色街を遊び歩いた友人です。長安で楽しい酒を飲んだ友人はたくさんいたと思いますが、賀知章などはすでに鬼籍に入っています。流刑地に向かう寂しい旅の出発の見送りにわざわざ来てくれたので、そのお礼に、彼にこの詩を贈ったとされています。

あのときは、この歓楽が永久に続くと思っていましたが、事態は急転して流刑の身になってしまいました。しかし、彼は深い悲しみの中にも、「何《いず》れの日《ひ》にか金鶏《きんけい》放赦《ほうしゃ》して回《かえ》らん」と将来の恩赦の可能性を示唆しています。唐の時代、恩赦が発表される際には、宮殿前に赦される罪人を集め、金の鶏を竿の先に揚げた役人が大赦令を読み上げて罪人を正式に釈放する儀式が行われました。いずれにせよ、苦境に遭っても楽天的な李白の異次元の明るさが表れた詩です。そして事実、李白が許される日はそう遠くない将来にやってきます。

第九章

李白赦免の旅

潯《じん》陽《よう》の監獄におよそ一年間つながれ、粛宗の乾元《けんげん》元年（七五八年）春、五十八歳の李白は流刑地夜郎《やろう》への旅に出ます。出発に際しては辛判官《しんはんがん》が見送りに来たと前章で書きました。加えて妻の宗氏も弟の宗璟《そうけい》と一緒に見送りに駆けつけ、あの汪倫《おうりん》も来てくれたとの説もあります。罪人の出発ですから盛大にというわけにはいきませんが、親しい人々が集まって李白との別れを惜しみました。何しろ夜郎は「瘴癘《しょうれい》の地」、気候や風土が劣悪で、伝染病の流行《はや》る地方です。余談になりますが、先日、元外交官と話をしていたら、外務省には今でも「瘴癘地手当」があり、アフリカやアジアの一部の国に赴任する職員には、この手当が支給されるそうです。

この地、潯陽で別れれば、再び生きて会えるとは限らないのですから、人々の顔も暗く、その場の雰囲気は湿っぽいものであったに違いありません。

しかし、夜郎への李白の旅の始めの頃は、私たちが考えるほど辛く悲しいものではなかったようです。囚われの身とはいっても厳重な護送の兵が付くわけでもなく、何時《いつ》までに夜郎に着かなければならないという定めもなかったようです。李白は、この年の五月に江夏《こうか》（湖北省武漢一帯）に行き、そこで太守の韋良宰《いりょうさい》に会い、二か月も江夏に逗留します。ついで八月には漢陽《かんよう》（湖北省武漢市の北側）で尚書郎《しょうしょろう》の張謂《ちょうい》の歓迎を受け、九月には江陵《こうりょう》（湖北省荊州の一部）で、江陵郡の鄭判官《ていはんがん》に会います。これらの地では宴会も度々開かれ、李白も大好きな酒を痛飲したはずです。

◆奉節にて恩赦の知らせを受ける

冬に入り、いよいよ三峡に着き、翌年の春、奉節《ほうせつ》（重慶市）に到着し、奉節では有名な白帝城《はくていじょう》に登ります。白帝城は後漢《ごかん》（東漢）初期の群雄のひとり公孫述《こうそんじゅつ》が築いた城ですが、三国時代に蜀の劉備《りゅうび》が、呉の軍勢に敗れ、この城で後事を諸葛亮《しょかつりょう》（孔明）に託し没したことで知られています。李白は青年時代に三峡を下り、白帝城に登り、金陵と揚州を訪ねたことがあります。あのときは希望に燃え、洋々たる前途を想い、長江の流れを見つめた李白も、いまや老年に達し、前途は閉ざされ、行く先は流刑地の夜郎、こうした状況では暗澹たる気持ちにならない方が不思議です。

旅立ちの地、潯陽では、見送りに来た人々と気丈に別れ、その後、江夏、漢陽、江陵と友人を訪ね酒を酌み交わした李白も、奉節ではいよいよ一人になって、これからは友人、知己もいない地へ赴く寂しさが骨身に沁みたことでしょう。しかし、いざ、奉節を出発する段になって、突然、届いた知らせは、李白が待ちに待った吉報です。それは李白の罪を赦す、恩赦の知らせでした。乾元二年（七五九年）三月に発せられた大赦令の内容は、「拘禁する囚人のうち死罪は流刑に、流刑以下の者は全て釈放する」というものでした。ここに李白は晴れて自由の身となったのです。

早《つと》に白帝城《はくていじょう》を発《はっ》す

朝《あした》に辞《じ》す　白帝《はくてい》　彩雲《さいうん》の間《かん》
千里《せんり》の江陵《こうりょう》　一日《いちじつ》に還《かえ》る
両岸《りょうがん》の猿声《えんせい》　啼《な》いて住《とど》まらず
軽舟已《けいしゅうすで》に過《す》ぐ　万重《ばんちょう》の山《やま》

早発白帝城

朝辞白帝彩雲間
千里江陵一日還
両岸猿声啼不住
軽舟已過万重山

朝日に彩られた雲のたなびくなか　白帝城を出発して
江陵まで千里の道を一日で還ってきた
三峡に棲む猿は泣き止まず　その悲しい声が耳に入る
私を乗せた小舟は重なり合った山の間を瞬くまに通り過ぎた

現代に伝わる数多くの李白の作品で、どれかひとつ好みの作品を選ぶとすれば、私は迷うことなくこの詩を選びます。この詩の制作時期については他の作品同様、はっきりしないところがあり、この詩は李白が青年時代、故郷の蜀（四川省）を発って、荊州《けいしゅう》（湖北省）の首府である江陵に向かったときに作られたものであるともいわれています。しかし、私は、李白が晩年、粛宗皇帝から謀反の疑いをかけられ夜郎の地に流される途中で恩赦の知らせをうけ、喜び勇んで江陵に引き上げるときの作だと考えています。

流刑地に向かう失意の旅が一転、歓喜の旅に変わった瞬間の高揚感が詩中にあふれていると感じられるからです。人は人生で幾度となく失意を味わい、その失意から解放された時、その喜びが二倍にも三倍にもなることを、私も自身の人生で経験しています。

この詩の解釈とは別に、実は李白は、いずれ恩赦があることを予想して、わざと旅の行程をゆっくりとっていたとの説があります。

たしかに前章で紹介した『夜郎《やろう》に流《なが》されしとき辛判官《しんはんがん》に贈《おく》る』の詩の最後で、恩赦について触れています。このことが、李白が恩赦を予想していたとする根拠の一つになっているようですが、罪人は、一般的に恩赦に対する期待が大きいものです。わが国にも恩赦の制度があり、皇室の慶事などで実施され、服役中の囚人の中には、恩赦を期待する者がいることは事実です。もっとも、最近のわが国の恩赦は、公職選挙法違反者を対象とするものがほとんどで、一般の刑事犯が対象になることはごくまれのようです。

李白も、旅の途中で、各地の要人と宴席を囲んでいますから、その場で、この頃全土を襲った干ばつをしずめるためいずれ恩赦の可能性があるとの話が出て、期待を抱いていたかもしれません。恩赦については、もう一つ情報があったと思われます。玄宗に替わって皇帝となった粛宗は帝位についてまだ日が浅かったことから、皇太子を決めていませんでした。いずれ皇太子を決めることがあれば、その時は、ほぼ確実に恩赦がおこなわれるはずです。

いずれにしろ実際に恩赦の詔が発せられ、李白もその名簿の中に入っていたことを知らされ、おそらく李白は興奮のあまり眠れぬ夜を過ごし、朝早く白帝城のある奉節《ほうせつ》を舟出したのでしょう。奉節《ほうせつ》から江陵までは、千二百華里あることから、「千里の江陵」の表現もほぼ正確といえます。唐の時代の華里はさまざまな説がありますが、一里をおよそ五〇〇メートルとして計算すると約六百キロで、ちょうど新幹線で東京から新神戸までの距離と同じですから、下りの長江の舟旅なら一日で十分に行ける距離です。

「両岸《りょうがん》の猿声《えんせい》　啼《な》いて住《とど》まらず」とあります。「長江流域に生息する猿の声は、けたたましく悲しい声を上げて啼く」と私が三峡下りをした折に、ガイドから説明を受けました。私たちが耳にするニホンザルの啼き声も、悲しい響《ひび》きがありますが、長江に棲む猿の声の比ではないようです。その壮絶な猿の啼き声も、今の李白のはやる心を抑えることはできません。

なお、テキストによっては、この句は「両岸《りょうがん》の猿声《えんせい》　啼《な》いて尽《つ》きず」（両岸猿声啼不尽）とするものもあります。絶句の転句（第三句）は韻を踏む必要がないことから、転句末の語は、さまざまに置き換えられることが比較的よくあります。私は「尽《つ》きず」より「住《とど》まらず」のほうが、言葉に動きがあり、李白を乗せた小舟が、あっという間に三峡の山々を通り過ぎてゆくスピード感が表現されていると思います。絶望の淵から蘇った李白の心臓の鼓動まで伝わってくるようです。

◆もう一度、みやこに上がり皇帝に尽くしたい思い

自由の身になった李白は、江陵から江夏に戻ります。当時の江夏は南方の政治の中心地でしたから、ここで太守の韋良宰《いりょうさい》に会って、自身がもう一度みやこに上がり、翰林院で皇帝のお側近くに仕えたいとの希望を伝えます。李白は心の中で、「李林甫も死んだ、楊国忠も殺された、高力士もいない。今や自分を宮中から追い出した連中はことごとくいなくなったから、自分も今一度、唐王朝のために働けるかもしれない」と勝手に思い込んだのかも知れません。

しかし、恩赦になったとはいえ、李白が賊軍となった永王璘の参謀となり、彼を讃える歌も詠んだ事実は消えません。「刑余《けいよ》の人物」です。玄宗上皇や粛宗皇帝にとって彼はすでに過去の人で、再び宮廷に招いて仕事を与えようなどとは考えていなかったはずです。そのことを理解していた韋良宰は、皇帝への推薦をそれとなく断ります。

李白はこの年の秋、巴陵《はりょう》で古くからの友人の賈至《かし》と叔父の李曄《りょう》に会います。賈至はかつて中書《ちゅうしょ》舎人《しゃじん》（中書省に属し詔勅の起草をおこなう役）をつとめ、李曄は刑部侍郎《けいぶじろう》（司法を扱う刑部省の次官）の要職についていました。李曄を叔父と呼んでいるのは、李白のいつもの癖で、本当に血がつながった叔父ではなく、李姓の者は李白にとってはみんな親戚になってしまいます。賈至と李曄はいずれもかつては顕職に就きながら宮廷内の権力争いに敗れ、左遷されこの地にいたのです。三人は巴陵の近くの洞庭湖に遊び、岳陽楼にも登り、そこで李白が作った詩が『族叔刑部侍郎曄及び中書賈舎人に陪し洞庭に遊ぶ』です。全部で五首ありますが、いずれも七言絶句ですので三首紹介します。

洞庭《どうてい》に遊《あそ》ぶ　其《そ》の一

洞庭西《どうていにし》に望《のぞ》めば　楚江分《そこうわか》る
水尽《みずつ》きて南天《なんてん》　雲《くも》を見《み》ず
日落《ひお》ちて長沙《ちょうさ》　秋色遠《しゅうしょくとお》し
知《し》らず何《いず》れの処《ところ》にか　湘君《しょうくん》を弔《とむら》わん

遊洞庭　其一

洞庭西望楚江分
水尽南天不見雲
日落長沙秋色遠
不知何処弔湘君

洞庭湖から西を望めば楚江（長江）が分かれている
湖水の果てる南の空には一片の雲もない
日没になると遠くの長沙の街まで秋の気配がひろがる
一体どこで湘君を弔えばいいのかわからない

「楚江《そこう》」とあるのは長江の湖南地方での呼び名です。「長沙《ちょうさ》」は洞庭湖の南にある街。「湘君《しょうくん》」は湘水の女神のことで、屈原の『九歌』によれば、舜《しゅん》の夫人であった娥皇《がこう》は夫が亡くなったのを悲しんで湘水に入水し女神になったと記されています。舜が死んだのは、洞庭湖の南の長沙の辺りと伝わっています。

洞庭《どうてい》に遊《あそ》ぶ　其《そ》の二

南湖《なんこ》　秋水《しゅうすい》　夜《よる》　煙無《けむりな》し
耐《むし》ろ流《なが》れに乗《じょう》じて　直《ただ》ちに天《てん》に上《のぼ》るべし
且《しば》らく洞庭《どうてい》に就《つ》いて　月色《げつしょく》に賒《おぎの》り

遊洞庭　其二

南湖秋水夜無煙
耐可乗流直上天
且就洞庭賒月色

船《ふね》を将《も》って酒《さけ》を買《か》わん　白雲《はくうん》の辺《ほと》り
将船買酒白雲辺

洞庭湖の南の秋の水面は夜になっても靄《もや》がない
いっそのことこの流れに乗って天に上がろう
洞庭湖の上で月を借りて
船であの白雲の辺《あた》りに酒を買いに行こう

「耐可《たいか》」は漢文独特の表現で、「むしろ……すべし」と読み、「いっそ……したほうがよい」の意味です。「賒《おぎの》る」は、代金を後払いにして品物をやり取りすることを意味します。掛け売り、掛け買いのことです。

洞庭《どうてい》に遊《あそ》ぶ　其《そ》の三
遊洞庭　其三

洛陽《らくよう》の才子《さいし》　湘川《しょうせん》に謫《たく》せらる
洛陽才子謫湘川
元礼《げんれい》舟《ふね》を同《おな》じうす　月下《げっか》の仙《せん》
元礼同舟月下仙

長安《ちょうあん》を記《き》し得《え》て　還《ま》た笑《わら》わんと欲《ほっ》するも
知《し》らず何《いず》れの処《ところ》か　是《こ》れ西天《せいてん》

記得長安還欲笑
不知何処是西天

洛陽の才子は湘川に流されてやってきた
元礼も同じ舟に乗って　まるで月の下の仙人のようだ
長安を思い出して　また談笑しようと思うが
西の方角がどちらかわからなくなった

「洛陽《らくよう》の才子《さいし》」は前漢の文帝の時代の賈誼《かぎ》を指します。彼は洛陽出身で、その才能を文帝に高く評価され重用されますが、誹謗中傷に遇い、長沙に左遷され、三十三歳の若さで亡くなります。「元礼《げんれい》」は後漢の李膺《りよう》のことで、やはり人におとしいれられ左遷の憂き目にあっています。

◆李白六十歳、豫章の妻のもとに帰る

洞庭湖でしばし休息した李白は、その後、豫章《よしょう》（江西省南昌市）の妻子のもとに帰ります。この年、

李白は六十歳の誕生日を迎えます。六十歳は還暦の年齢ですから、妻の宗氏とその弟の宗璟《そうけい》は李白の誕生日をできるだけ盛大に祝おうと金の工面に走り回ります。その様子を見ていた李白は、二人にあまり迷惑はかけられないと、二か月で豫章を出て鄱陽《はよう》に向かいます。鄱陽では県の高官を訪ねしばらく逗留しますが、李白はすでに還暦を過ぎ、宮廷詩人であった栄光も過去のものとなり、恩赦によって救われた元罪人です。長安の玄宗皇帝のもとを去り、直後に各地の有力者のもとを訪問したころとは状況が大きく変わっていることを実感したはずです。

ふたたび豫章に帰り、妻と義理の弟の宗璟と暮らします。その暮らしも一年で切り上げ、李白は妻をともない、潯陽を訪ねます。潯陽のすぐ近くには六年前、安史の乱を逃れて妻とともに一時的に避難した廬山があります。当時、廬山には、もとの宰相李林甫の娘が女道士、李騰空《りとうくう》と称して庵を結んでいました。李白の妻の宗氏は彼女と語り合ううちにすっかり意気投合して、自分も廬山にこもると言い出します。李白は妻の願いを許し、次の詩を贈って自分は金陵（南京）に向かいます。

内《つま》が廬山《ろざん》の女道士李騰空《おんなどうしりとうくう》を尋《たず》ぬるを送《おく》る

送内尋廬山女道士李騰空

君《きみ》は尋《たず》ぬ　騰空子《とうくうし》
応《まさ》に碧山《へきざん》の家《いえ》に到《いた》るべし
水《みず》は春《つ》く　雲母《うんも》の碓《うす》
風《かぜ》は掃《はら》う　石楠《せきなん》の花《はな》
若《も》し幽居《ゆうきょ》の好《よ》さを恋《こ》わば
相邀《あいむか》えて紫霞《しか》を弄《ろう》せん

君尋騰空子
応到碧山家
水春雲母碓
風掃石楠花
若恋幽居好
相邀弄紫霞

あなたは騰空子のもとを尋ねるなら
きっと碧《みどり》したたる山の家に行くのだろう
水車が仙薬の材料の雲母を挽いて
風は石楠花（しゃくなげ）の花を吹いているだろう
私も隠居暮らしをしたくなったら
あなたとわたしのふたりで紫の霞のなかで遊ぼう

李白、六十一歳のときの作品といわれています。李白は生涯に四人の妻を迎え、しかも妻を顧みなかったことは定説になっていますが、晩年にはそんな自分の態度を少しは反省したのでしょう。妻の宗氏から、一人になって山にこもりたいと告げられ、それを認め、これまでのわがままの数々に許しを乞う気持ちのこもった詩となっています。私は、結びの、「若《も》し幽居《ゆうきょ》の好《よ》さを恋《こ》わば」と、「相邀《あいむか》えて紫霞《しか》を弄《ろう》せん」の二つの句に心を動かされます。

宗氏と別れて、李白は金陵を訪ねます。その金陵で従甥《じゅうせい》の高鎮《こうちん》に会って、酒を酌み交わし、作った詩が次の作品です。なお「従甥《じゅうせい》」は自分のいとこの子（男の子）のことです。

酔《すい》後《ご》従甥《じゅうせい》の高鎮《こうちん》に贈《おく》る

馬上《ばじょう》相逢《あいお》うて　馬鞭《ばべん》を揖《ゆう》し
客中《かくちゅう》相見《あいみ》て　客中《かくちゅう》に憐《あわ》れむ
撃筑《げきちく》悲歌《ひか》を邀《むか》えて飲《の》まんと欲《ほっ》するも
正《まさ》に値《お》う　家《いえ》を傾《かたむ》けて酒銭《しゅせん》の無《な》きに
江東《こうとう》の風光《ふうこう》　人《ひと》に借《か》さず
枉殺《おうさつ》す落花《らっか》　空《むな》しく自《おのず》から春《はる》なるを

酔後贈従甥高鎮

馬上相逢揖馬鞭
客中相見客中憐
欲邀撃筑悲歌飲
正値傾家無酒銭
江東風光不借人
枉殺落花空自春

黄金《おうごん》手を逐《お》うて　意《い》の快《まま》に尽《つ》き
昨日産《さくじつさん》を破《やぶ》りて　今朝貧《こんちょうひん》なり
丈夫何事《じょうふなにごと》ぞ　空《むな》しく嘯傲《しょうごう》す
如《し》かず頭上《ずじょう》の巾《きん》を焼却《しょうきゃく》せんには
君《きみ》は進士《しんし》と為《な》るも　進《すす》むを得《え》ず
我《われ》は秋霜《しゅうそう》　旅鬢《りょびん》に生《しょう》ぜらる
時清《とききよ》けれど英豪《えいごう》の人《ひと》に及《およ》ばず
三尺《さんじゃく》の童児《どうじ》も廉藺《れんりん》に唾《つば》す
匣中《こうちゅう》の盤剣《ばんけん》　鮨魚《さくぎょ》を装《よそお》うも
閑《あだ》に腰間《ようかん》に在《あ》って　未《いま》だ渠《きょ》を用《もち》いず
且《か》つ将《も》って酒《さけ》に換《か》え　君《きみ》と与《とも》に酔《よ》い
酔帰《すいき》して呉《ご》の専諸《せんしょ》に託宿《たくしゅく》せん

馬の上で出会い　互いに鞭をかざして挨拶した
旅の途中に逢って　お互いの境遇を嘆いている

黄金逐手快意尽
昨日破産今朝貧
丈夫何事空嘯傲
不如焼却頭上巾
君為進士不得進
我被秋霜生旅鬢
時清不及英豪人
三尺童児唾廉藺
匣中盤剣装鮨魚
閑在腰間未用渠
且将換酒与君酔
酔帰託宿呉専諸

戦国時代の荊軻《けいか》と高漸離《とうぜんり》のように筑に合わせて歌い飲みたいと思うが
ちょうどいま家には金がない
長江の東の風と光は人を助けてはくれない
虚しく花を散らし　それはそれで春である
黄金があったときは散財して
昨日破産し　今朝はすっからかんだ
俺は男だとうそぶいてみても何のことはない
かぶっている頭巾など焼き捨ててしまえばいい
君は進士の試験に合格したが　役人として出世していない
私は旅の身の上ですっかり鬢《びん》に白髪が生じてしまった
世の中が落ち着けば能力のある人に恩恵は届かない
三尺の背丈の子どもでも廉頗《れんぱ》や藺相如《りんしょうじょ》には見向きもしない
匣《はこ》の中にはサメの革で拵《こしら》えた剣があるが
腰にぶら下げるだけで　未だかつてそれを使ったことはない
それなら酒に換え　君とともに盃を重ね

酩酊したら戦国時代の侠客の専諸《せんしょ》のところに転がり込もう

「撃筑悲歌《げきちくひか》」の「筑《ちく》」は古代の弦楽器で形は琴に似ています。戦国時代燕《えん》の高漸離《こうぜんり》は筑の名手で、秦王暗殺のため秦に向かう荊軻《けいか》を易水のほとりに見送り、その場で筑を打ち鳴らすと、それに合わせて荊軻が悲しい歌を大声で歌った故事があります。

「枉殺《おうさつ》」の「枉《おう》」はむなしく、いたずらにの意で、この場合の「殺《さつ》」は、前の語を強調する助辞です。日本の作家、武田泰淳《たけだたいじゅん》氏が書いた清朝末期の女性革命家秋瑾《しゅうきん》の評伝のタイトルは、彼女の詩からとった『秋風秋雨人を愁殺す《しゅうふうしゅううひとしゅうさつ》』ですが、この「愁殺《しゅうさつ》」の「殺」も「殺す」意味はなく、「愁」を強調する語です。

「嘯傲《しょうごう》」は偉そうにうそぶくこと、「廉藺《れんりん》」は戦国時代の趙の大臣であった廉頗《れんぱ》と藺相如《りんしょうじょう》を指します。「鮨魚《ぎょ》」はサメのこと、「渠《きょ》」は指示代名詞で、彼つまり剣のことです。

このころの李白の作品から、これまでのような明るさはすっかり姿を消して、貧困の中で愁いに沈む暗さがあります。

「正《まさ》に値《お》う　家《いえ》を傾《かたむ》けて酒銭《しゅせん》の無《な》きに」、「昨日産《さくじつさん》を破《やぶ》りて今朝貧《こんちょうひん》なり」など、貧困にあえぎ、これまで肌身離さず持っていた宝剣を質入れして酒代に替えようとうたっています。最後の句の「専諸《せんしょ》」は戦国時代の呉の国の遊侠の徒で、呉の公子光《こう》の頼みを受け呉王僚を刺殺します。『史記』の「刺客列伝」で、魯の曹沫《そうばつ》に次いで二番目に登場する刺客のヒーローですが、専諸自身は、呉王の護衛に切り殺されます。子どものころから任侠の世界にあこがれた李白にとって専諸はまばゆい存在で、心が折れて深く傷ついた李白は、専諸なら自分の気持ちを分かってくれると考えたのかも知れません。

ちなみに、「撃筑悲歌」で秦王政《せい》（のちの秦の始皇帝）暗殺に向かう荊軻が魂を絞り出すようにして歌った詞が有名な次の詞です。事の顛末を思うと、まことに悲しい詞ですが、テロリストの心情がよく表れていると思われるので改めて紹介します。

風蕭蕭《かぜしょうしょう》として易水《えきすい》　寒し
壮士《そうし》　一《ひと》たび去りて　復《ま》た還《かえ》らず

風蕭蕭兮易水寒
壮士一去兮不復環

『史記』はこの詞を紹介した後に、「是《ここ》に於《お》いて荊軻車《けいかくるま》に就《つ》きて去《さ》る。終《つい》に己《すで》に顧《かえり》みず」と記しています。暗殺はもちろん失敗し、荊軻はその場で切り殺されたことは多くの人の知るところです。

第十章……………………李白　旅路の果て

上《じょう》元《げん》三年（七六二年）四月、玄宗上皇と粛宗皇帝は相次いでこの世を去り、太子の李豫《りよ》が代宗《だいそう》として帝位に就き、元号は宝応《ほうおう》と改まります。

前年、安禄山の賊軍の生き残りの史思明《ししめい》が息子の史朝義《しちょうぎ》によって殺害され、史朝義は大燕皇帝を名乗り、再び洛陽に攻め込みます。一方、唐朝は、李光弼《りこうひつ》を天下兵馬副元帥に任じ、史朝義の軍勢の討伐に当たらせます。李光弼は賊軍を洛陽から追い払い、徐州彭城《ほうじょう》に陣を張り、賊軍の南下に対応します。この知らせを聞いた李白はいても立ってもいられず、李光弼の軍営に参加しようと金陵を発ちます。しかし、この時李白はすでに六十一歳、途中で病を得て止むを得ず当塗《とうと》（安徽省馬《あんきしょうば》鞍山市当塗県《あんざんしとうとけん》）に戻ります。

◆李白六十二歳、当塗で死を迎える

李白の死は、この年の暮れ、当塗県令の李陽冰《りようひょう》の家で、死因ははっきりしませんが病死とされています。その死については、秋浦《しゅうほ》の采石磯《さいせきき》で酒に酔い、川面に映った月を掬《すく》おうとして水死したとの伝説が残っていますが、もちろん、これは作り話です。

しかし、李白の最期についての伝説で臨終の地となった秋浦は、実際に亡くなった当塗からさほど遠くない場所にあり、李白はこれまで幾度となく訪ね、この地で『秋浦の歌《しゅうほうた》』十七首を作っています。

秋浦は安徽省の南西部に位置する貴池《きち》県を流れる長江のほとりの地域を指し、現在は「斉山《せいざん》・平天湖《こ》観光エリア」の一部として、中国内外の観光客を集めています。李白がこの地を最初に訪れたのは玄宗皇帝の天宝八載（七四九年）のことで、最後の訪問の粛宗皇帝の上元二年（七六一年）までの間に五回訪問したと記録にあります。秋浦には中国仏教四大名山の一つに数えられている九華山《きゅうかざん》があり、李白はこの山にも三回登っています。九華山は連峰を構成する九の峰が、九輪の蓮の花に似ていることから、この名がついたとされています。

晩唐の詩人、杜牧《とぼく》は八四四年から二年間、秋浦を含む池州《ちしゅう》の刺史《しし》をつとめ、この地の風光に魅せられ、いくつもの詩を賦しています。その中で、最も有名な詩は「清明時節雨紛紛《せいめいじせつあめふんぷん》」ではじまる七言絶句『清明』ではないでしょうか。詩の結句の「牧童遥《ぼくどうはる》かに指《ゆび》さす杏花《きょうか》の村《むら》」の杏花村は、秋浦の河のほとりの村であると言われています。

李白の『秋浦の歌』は十七首ある組詩で、その制作年は玄宗皇帝の天宝年間、李白五十代の作品との説と、最晩年、李白六十代の作であるとの説があり、私は最晩年の説を支持します。その理由を考える前に、先ずは『秋浦の歌』を味わいましょう。

秋浦《しゅうほ》の歌《うた》　其《そ》の一

秋浦《しゅうほ》　長《とこし》えに秋《あき》に似《に》たり
蕭条《しょうじょう》　人《ひと》をして愁《うれ》えしむ
客愁《かくしゅう》　度《すく》う可《べ》からず
行《ゆ》いて東《ひがし》の大楼《だいろう》に上《のぼ》る
正西《せいせい》に　長安《ちょうあん》を望《のぞ》み
下《した》に江水《こうすい》の流《なが》るるを見《み》る
言《げん》を寄《よ》せて　江水《こうすい》に向《むこ》う
汝《なんじ》の意《い》　儂《われ》を憶《おも》うや不《いな》や
遥《はる》かに一掬《いっきく》の涙《なみだ》を伝《つた》えて
我《わ》が為《ため》に　揚州《ようしゅう》に達《たっ》せよ

秋浦はいつでも秋のようだ
もの寂しい雰囲気は人を愁いに沈ませる

秋浦歌　其一

秋浦長似秋
蕭条使人愁
客愁不可度
行上東大楼
正西望長安
下見江水流
寄言向江水
汝意憶儂不
遥伝一掬涙
為我達揚州

旅の愁いはどうしようもない
東の大楼山に登ってみるが
ま西の長安を望むと
足元に長江が流れるのが見える
長江の水に問う
君の心は私を覚えていてくれるかどうか
ひと掬いの涙を
私のために遥かな揚州に運んでくれ

「蕭条《しょうじょう》」はものさびしいさまのことです。「大楼《だいろう》」は秋浦の東にある大楼山のこと。
「一掬《いっきく》」の「掬」は両手ですくうこと。「掬飲《きくいん》」で、両手ですくって飲むことになります。

秋浦《しゅうほ》の歌《うた》　其《そ》の二　　秋浦歌　其二

秋浦《しゅうほ》　猿《さる》　夜愁《よるうりょ》う　　秋浦猿夜愁

黄山《こうざん》　白頭《はくとう》に堪《た》えたり
清渓《せいけい》は　隴水《ろうすい》に非《あら》ざれども
翻《かえ》って断腸《だんちょう》の流《なが》れを作《な》す
去《さ》らんと欲《ほっ》して　去《さ》るを得《え》ず
薄遊《はくゆう》　久遊《きゅうゆう》と成《な》る
何《いず》れの年《とし》か　是《こ》れ帰《かえ》る日《ひ》
涙《なみだ》の雨《あめ》ふらして　孤舟《こしゅう》に下《くだ》る

黄山堪白頭
清溪非隴水
翻作断腸流
欲去不得去
薄遊成久遊
何年是帰日
雨涙下孤舟

秋浦で　夜啼く　猿の声は物悲しい
黄山も　猿の悲しい啼き声で　木の葉の色が変わってしまった
近くを流れる川は隴西《ろうせい》に流れる川ではないが
そのままうつしたように腸をちぎるような流れの音だ
ここを去ろうとするが　去ることはできない
しばらくの旅と思っていたがすっかり長旅になってしまった
いつになったら帰る日が来るのだろう

涙が雨のように流れて一人ぼっちの舟を濡らす

「断腸《だんちょう》」は、はらわたがちぎれるほどの悲しみのたとえですが、東晋の桓温《かんおん》が三峡を過ぎたとき、その従者が一匹の子猿を捕らえました。子どもをさらわれた母猿は懸命に子猿の後を追いますが、桓温の一行に追いつけず、途中で死んでしまいます。その母親の死骸の腹を裂いてみると、はらわたが切れ切《き》れ切《ぎ》れになっていたという故事によって「断腸」の語がうまれました。このことからもわかるように、三峡と猿は不離の関係があり、三峡で啼く猿の声は、ことのほか物悲しく聞こえるのです。

秋浦《しゅうほ》の歌《うた》　其《そ》の六

愁《うれ》いて秋浦《しゅうほ》の客《かく》と作《な》り
強《し》いて秋浦《しゅうほ》の花《はな》を看《み》る
山川《さんせん》は剡県《せんけん》の如《ごと》く
風日《ふうじつ》は長沙《ちょうさ》に似《に》たり

秋浦歌　其六

愁作秋浦客
強看秋浦花
山川如剡県
風日似長沙

愁いを懐いて秋浦に来て
無理をして秋浦の花を看た
秋浦の山川は剡県のように見事だ
秋浦に吹く風や日の光は長沙のように麗しい

「剡県《せんけん》」は浙江省の嵊県《じょうけん》の南にあり、ここの剡渓《せんけい》の美しさは多くの詩人や文人よって称賛されています。「長沙《ちょうさ》」も唐の時代の長沙郡には洞庭湖があり、天下の名勝として多くの人が訪れています。秋浦もこれらの景勝地に負けず劣らず見事な風景であることをうたっています。

秋浦《しゅうほ》の歌《うた》　其《そ》の十二

水《すい》は一疋《いちひき》の練《れん》の如《ごと》く
此《こ》の地《ち》　即《すなわ》ち天《てん》に平《たい》らかなり
耐《むし》ろ　明月《めいげつ》に乗《じょう》じ
花《はな》を看《み》て　酒船《しゅせん》に上《のぼ》る可《べ》し

秋浦歌　其十二

水如一疋練
此地即平天
耐可乗明月
看花上酒船

川の水は一疋の練り絹のようだ
この地は平らかでそのまま天につながっているようだ
いっそ明月に乗って
花を看ながら船で酒盛りをしよう

「練《れん》」はねりぎぬのことで、灰汁《あく》で煮ることによって絹が柔らかく、光沢が増します。また「此《こ》の地《ち》即《すなわ》ち天《てん》に平《たい》らかなり」の句から、秋浦の湖に「平天湖」の名が付きました。

秋浦《しゅうほ》の歌《うた》　其《そ》の十五

白髪《はくはつ》　三千丈《さんぜんじょう》
愁《うれ》いに縁《よ》って　箇《かく》の似《ごと》く長《なが》し
知《し》らず　明鏡《めいきょう》の裏《うち》
何《いず》れの処《ところ》よりか　秋霜《しゅうそう》を得《え》たり

秋浦歌　其十五

白髪三千丈
縁愁似箇長
不知明鏡裏
何処得秋霜

白髪が三千丈になってしまった
愁いが積もり積もってこんなに長くなってしまった
明るい鏡のなかの私の髪に
どこからか秋の霜が飛んできて積もったのだろう

秋浦《しゅうほ》の歌《うた》　其《そ》の十七

桃波《とうは》　一歩《いっぽ》の地《ち》
了了《りょうりょう》として　語声《ごせい》聞こゆ
闇《あん》に山僧《さんそう》と別《わか》れ
頭《こうべ》を低《た》れて　白雲《はくうん》に礼《れい》す

桃波は狭い土地で
村人の話している声がはっきり聞こえる
黙って山の僧侶と別れたが

秋浦歌　其十七

桃波一歩地
了了語声聞
闇与山僧別
低頭礼白雲

頭を下げて白雲寺に礼をいった

李白には、この組詩の他に、絶筆となる『臨終の歌《りんじゅううた》』(臨終歌)がありますが、私はこの『秋浦の歌』全十七首が李白の生涯を総括する、実質的な絶筆ではないかと思われます。本書では紙幅の関係で十七首中六首しか載せることができませんでしたが、ぜひ残りの十一首も読んでいただきたいと思います。十七首中、一番有名な作品は言うまでもなく、「白髪三千丈《はくはつさんぜんじょう》」の表現がある「其の十五」の詩です。

唐の時代の一丈はおよそ三メートルですから、三千丈となると九キロの長さで、人間の髪の長さが、そこまで長くなることはあり得ないので、人々はこの表現を以て中国人の大言壮語癖や誇大妄想癖を指摘するようですが、果たして、単なる誇張された表現でしょうか。私は、それだけ長い髪が白髪であることに注目します。李白は、この詩の中で「愁《うれ》いに縁《よ》って　箇《かく》の似《ごと》く長《なが》し」と表しているように、李白自身の愁いや悲しみの象徴であることを語っています。

組詩の全体を読むと「其の十五」の詩が他の詩と違っていることに気付きます。他の詩は、秋浦の自然や風景、そこに住む人間や動物、鳥や魚などについて触れているのに、この詩には李白本人しか登場しません。李白が鏡に向かって自分の内面を見つめ、自分に向かって問いかけています。

詩では「何《いず》れの処《ところ》よりか　秋霜《しゅうそう》を得《え》たり」、「どこから秋の霜が飛んできて積もったのかわからない」ととぼけていますが、その前の句で愁いによるものであると告白しています。鏡に向かって問いかけたのは、果たしてその愁いは消えることがあるのだろうかということではないでしょうか。

その答えは「其の十七」の詩にあると思います。

村人が話していることは何だったのでしょうか？　農作物の作柄の話でしょうか、あるいは村人の生命をも脅かす戦乱の話かも知れません。李白は、その話には加わることはできなかったのです。李白は最後まで、正義が通らない世の中を変えようと努力をしてきました。当然、村人たちの話を聞いて、自分も考えを述べたかったに違いありません。しかし、李白は村人たちの話の輪に加わりませんでした。村人たちも李白の話を聞こうという態度は示しませんでした。今や李白を李白として認める人物はどこにもいなくなったのです。孤独とは、世界から孤立すること、つまり世界とのかかわりを絶たれた時に感じるものです。老いさらばえた李白は、世界との関係を断たれて、あとはただ白雲寺にお辞儀して人生の旅を終えることしかすべはなかったのです。

なお、「其の十七」の詩の結句の「白雲」は、一九七〇年代以前の解説書などでは、ただ「白い雲」となっていますが、その後の秋浦の現地調査などで、当時、この地に「白雲寺」という名の仏教寺院があったことがわかり、その後は「白雲寺に頭を下げた」と理解するのが一般的になっています。

◆李白、生涯最後の詩『臨終の歌』

いよいよ自らの死が近いことを悟った李白は、李陽冰に、これまでの自身の作品を集めた草稿を託します。と同時に、臨終にあたっての最後の詩、『臨終の歌』を作ります。

臨終《りんじゅう》の歌《うた》

大鵬《たいほう》飛《と》んで　八裔《はちえい》に振《ふる》ひ
中天《ちゅうてん》に摧《くだ》けて　力《ちから》済《つづ》かず
余風《よふう》は万世《ばんせい》に激《げき》するも
扶桑《ふそう》に遊《あそ》んで　石《いし》に袂《たもと》を挂《か》く
後人之《こうじんこれ》を得《え》　此《これ》を伝《つた》ふるも
仲尼《ちゅうじ》亡《ほろ》びて　誰《だれ》か為《ため》に涕《なみだ》を出《い》ださん

大鵬は飛びあがって　地の果てを目指したが

臨終歌

大鵬飛兮振八裔
中天摧兮力不済
余風激兮万世
遊扶桑兮挂石袂
後人得之伝此
仲尼亡兮誰為出涕

中空で翼が砕けて　力が続かなかった
大風が吹いた後の風は後の世にも激しく吹くだろうが
仙人の住む扶桑に遊んだ時に　石に袂をひっかけてしまった
後の世の人がそれを拾って伝えたとしても
孔子がいなくなったあとでは　誰が涙を流してくれるだろうか

自分の青春時代を、大鵬が大空高く飛んでいる様子にたとえ、しかしそれは中途で挫折してしまったことを歎き、それでも自身の詩は後世、必ず高く評価されるだろうと信じつつ、最後は人の才能を見分けられる人物がいなくなったから、このまま埋もれていくだけだろうと絶望的になっています。李白の死が失意の中の死であったことがわかります。

◆李白、青山に眠る

李白は、死に際して、自分が死んだら青山《せいざん》の麓に埋葬して欲しいと遺言しました。青山は当塗の東南に位置し、生前の李白が最も尊敬した詩人、謝朓《しゃちょう》の家のあるところだったからです。しかし、遺言は守られることなく、李白の遺骸は最後に暮らした竜山の東の麓に埋葬されました。

李白の死から五十数年経って、李白の友人の范倫《はんりん》の息子で宣歙《せんきゅう》の観察使《かんさつし》（地方行政監察のための役人）の范伝正《はんでんせい》が当塗にやってきて、当塗の県令であった諸葛縦《しょかつじゅう》に依頼して、李白の末裔を探してもらうことになりました。李白が死んでかなりの時間が経過していますから大変な苦労があったと思われますが、諸葛縦は李白の子伯禽《はくきん》の子どもたちを何とか探し当てることができました。

伯禽の子どもたち、つまり李白の孫にあたる二人の女性は当塗県の役所に呼び出され、普段口をきいたこともないようなお役人から、自分たちの祖父の話を聞かされます。李白の二人の孫娘は、今や農民となっており、偉いお役人から、二人の祖父は偉大な詩人であったと知らされても、事情が呑み込めずに怯えているだけでした。

話が李白の子の伯禽に及び、「父はどこでどうしている？」と尋ねられても、「二十年以上前に死にました」と答えることがやっとの有様でした。二人の話によれば、伯禽にはもう一人男の子がいたようですが、彼も十年以上前に家を出たまま音信不通とのことです。

当時の農民は自分一人が生きてゆくのがやっとで、兄弟のことすら気にかけてはいられなかったのは無理のないことです。

当塗県令の諸葛縦と范伝正は相談して、李白の墓を遺言通り、青山《せいざん》に移すことにしました。この墓は、千二百年以上の年を経て、今でも馬鞍山《ばあんざん》市《し》当塗《とうと》県《けん》太白《たいはく》鎮《ちん》の青山にあり、二〇二二年四月の『人民中国』誌によれば、現在は、谷常新《こくじょうしん》氏が第四十九代の墓守として李白の墓を守っています。墓には、今でも李白の詩を敬愛する人々がお参りする姿が後を絶たないそうです。私もいつの日か、この地を訪ねてみたいと思っています。

（完）

◆主な参考図書

●『中国古典文学大系17　唐代詩集上』田中克己他編訳、１９６９年、平凡社
●『中国詩人選集7・8　李白　上・下』武部利男注、１９５８年、岩波書店
●『中国詩人選集9・10　杜甫　上・下』黒川洋一注、１９５７年、岩波書店
●『中国詩人選集別巻　唐詩概説』小川環樹著、１９５８年、岩波書店
●『鑑賞中国の古典16　李白』小川環樹監修・筧久美子著、１９８８年、角川書店
●『李白小伝』武部利男著、１９５５年、新潮社
●『李白と杜甫　上・下』郭沫若著・須田禎一訳、１９７６年、講談社
●『李白』王瑶著・吉田恵訳、１９５７年、三一書房
●『李白と杜甫』野末陳平著、２０１１年、青春出版社
●『新編李白の文—書・頌の訳注考証』市川桃子他著、２００３年、汲古書院
●『唐詩三百首1・2・3』目加田誠訳注、１９７３〜１９７５年、平凡社
●『唐詩選　上・中・下』前野直彬注解、２０００年、岩波書店
●『中国古典詩聚花　政治と戦乱』横山伊勢雄著、１９８４年、小学館
●『中国古典詩聚花　思索と詠懐』大上正美著、１９８５年、小学館
●『中国古典詩聚花　隠逸と田園』石川忠久著、１９８４年、小学館

●『中国古典詩聚花　山水と風月』向島成美著、１９８４年、小学館
●『中国古典詩聚花　友情と離別』高島俊男・成瀬哲生著、１９８５年、小学館
●『中国古典詩聚花　美酒と宴遊』山之内正彦・成瀬哲生著、１９８５年、小学館
●『漢詩一日一首（春・夏）』一海知義著、１９７６年、平凡社
●『乱世の詩人たち』松本一男著、１９７４年、徳間書店
●『史記　上・中・下』司馬遷著・野口定男他訳、１９７０年、平凡社
●『人物中国の歴史６　長安の春秋』駒田信二責任編集、１９８１年、集英社
●『世界の歴史６　隋唐帝国と古代朝鮮』砺波護・武田幸男著、１９９７年、中央公論社
●『中国の歴史７　隋唐の興亡』陳舜臣著、１９８１年、平凡社
●『中国の旅３　敦煌と西北・西南』１９８０年、講談社
●『扶桑の山川　石川忠久著作選』２０１３年、研文出版
●『宗教の世界史４　仏教の歴史２』末木文美士編、２０１８年、山川出版社
●『宗教の世界史５　儒教の歴史』小島毅著、２０１７年、山川出版社
●『宗教の世界史６　道教の歴史』横手裕著、２０１５年、山川出版社
●『李白伝』安旗著、２０１９年、人民文学出版社
●『李白伝』李長之著、２０１９年、長江文芸出版社
●『詩仙　酒神孤独旅人』詹福瑞著、２０２１年、生活書店出版社

●『大唐李白、将進酒・少年游・鳳凰台』２０１４〜２０１５年、広西師範大学出版
●『全唐詩　上・下』１９８６年、上海古籍出版有限公司
●『唐詩三百首詳析』喩守真編註、１９５７年、中華書局
●『中国古典詩詞』王成鋼主編、２００５年、九州出版
●『中国通史　第四冊』范文瀾著、１９７８年、人民出版社
●『隋唐五代史綱』韓国磐著、１９７９年、人民出版社
●『詩与画　唐詩三百首』１９９８年、上海辞書出版社
●『中国史稿地図集　下冊』郭沫若主編、１９７９年、地図出版社
●『中国未解之謎』樊文龍主篇、２００６年、甘粛文化出版社
●『三峡攬勝』藍錫麟総主編、２００１年、重慶出版社

#【あとがき】

本書の原稿を書き上げて、肩の荷をひとつ下ろしたような感じです。「はじめに」でも書いたように、中国の詩人の詩と人生について三部作を書き上げるということは、今は亡き龍愁麗女士との約束になっていたからです。龍さんは、三部作の完成を見ることなく、二〇二一年九月に急逝されましたが、やっと約束を果たすことができました。今回の書籍の表紙カバーに龍さんの夫君であった高名な切り絵作家、故・宮田雅之画伯の作品『白帝城』を使わせていただいたのも、彼女に感謝の気持ちを表すためです。

もうひとりお礼を伝えたい人がいます。私が六十歳を過ぎてから漢詩に目覚め、つたない漢詩を自分で作るきっかけになったのは、漢詩の世界の泰斗ともいわれた漢詩学者の先生との出会いがあったからです。その石川先生も二〇二二年七月、帰らぬ人となり、先日、石川先生のご子息とお孫さんとともに、青山墓地の石川先生の墓所をお参りして、本書の執筆の終了を報告しました。

三部作のタイトルは、それぞれ『蘇軾―その詩と人生』、『陶淵明―その詩と人生』、そして『李白―その詩と人生』となっていますが、三部作を貫くテーマは「政治と文学（詩）」です。

本書の執筆を通じてわかったことは、李白は少年時代から将来、政治にかかわり、世の中に大きな影響を与えたいとの思いが強く、いわば「政治志向」が濃厚な人物で、詩人としていくら人々から称賛されても、それだけでは納得がいかなかったということです。そのためにせっかくみやこで「宮廷詩人」としての生活を送りながらも、満足が得られず、結局、玄宗皇帝のもとを離れる一因となったのです。政治に対する強い思いのため、のちに安史の乱に付随して起こった「永王の乱」で、李白は「賊軍」に身を投じ、流刑の憂き目にあうことになります。

さらに李白は生涯を通じて「任侠」の世界に一種の憧れをいだき、この「義侠心」が、彼の政治志向の原動力になっていたと考えられます。李白が胸に刻んだ「任侠」とは、ひとことで言えば「弱きをたすけ、強きをくじく」ことであると本文で書きましたが、封建王朝では、李白が主張する正義がいつも通るとはかぎりません。というより、正義が捻じ曲げられることの方が多かったはずです。その意味では、李白が若いころから持ち続けた「義侠心」はどこかで現実世界と衝突し、「反逆者」になることが運命づけられていたのではないでしょうか。

李白の人生は、少年時代に抱いた夢をかなえようと最後まで苦闘した人生であったといえます。そしてその人生を彩ったのが、他者の追随を許さない詩の才能です。彼の残した千首余りの詩によって現代の私たちは、彼の感性に共鳴し、彼の人間性に激しく心を揺さぶられるのです。

本書の最後の頁を書き終え、筆をおくにあたって私の胸中にこみあげてきたのは「三部作の最後に李曰を選んでよかった」との満足感です。もちろん、私のつたない筆が、李白の詩と人生を十分に描き切れたかどうかは、読者の判断を俟《ま》たなければなりません。

なお、本書のタイトル「李白」の文字を揮毫していただいた書家の汪鐘鳴《おうしょうめい》氏は李白と親交があった汪倫の第四十五代の子孫です。偶然に東京でお目にかかり、揮毫をお願いしたところ、喜んで筆をふるってくれました。感謝に堪えません。

また、本書の執筆にさいして、草稿を一読いただいて貴重なアドバイスを頂戴した獨協大学講師の大沢昇氏、天津育ちの尤芳邦氏にお礼申し上げるとともに、前作『陶淵明』に続いて本書の出版をこころよく引き受けてくれたアジア太平洋観光社の皆さん、そして丁寧な編集作業に携わってくれたフリーランス編集者の高谷治美さんに心から感謝いたします。

そしてもちろん、最後までお付き合いいただいた本書の読者のあなたにも深謝の念を申し上げます。

二〇二四年三月

海江田万里

海江田万里（かいえだ・ばんり）

1949年東京生まれ。1972年慶應義塾大学卒業。経済評論家としてテレビ、ラジオ、新聞、雑誌などで活躍。1993年衆議院議員選挙に初当選。2011年に経済産業大臣として東日本大震災、原発事故の対応にあたる。衆議院財務金融委員長、決算行政監視委員長などを歴任。現在は第68代の衆議院副議長を務めている。

名前の「万里」は「万里の長城」に因んで名付けられた。1975年から中国研究所で中国語の勉強をはじめ、1975年の初訪中以降100回以上にわたって中国を訪問。中国の政・官・財界に多くの友人を持つ。自ら漢詩をつくるなど中国文化にも造詣が深い。公益財団法人日中友好会館評議員、一般社団法人日中国際交流協会会長などを務める。漢詩関係の著書は『海江田万里の音読したい漢詩・漢文傑作選』（小学館）、『人間万里塞翁馬』（双葉社）など多数あり、中国詩人の作品と人生を綴った書は「蘇軾」「陶淵明」「李白」の三部作が完成。

熱情と不屈の精神で時代を駆け抜けた漢《おとこ》
李白　その詩と人生

二〇二四年三月二十九日　第一刷発行

著　者　海江田万里
発行者　劉莉生
発行所　株式会社アジア太平洋観光社
〒一〇七‐〇〇五二　東京都港区赤坂六丁目一九番四六号 ＡＰＴビル三階
ＴＥＬ：〇三‐六二二八‐五六五九　ＦＡＸ：〇三‐六二二八‐五九九四
Email : info@visitasia.co.jp
発売元　株式会社星雲社（共同出版社・流通責任出版社）
編　集　WomanPress　高谷治美
カバーデザイン　鄭玄青　組版　柳田永二
印刷・製本　株式会社教文堂

ISBN 978-4-434-33671-3